생각,
붙들다

생각,
붙들다

ⓒ 이항래, 2023

초판 1쇄 발행 2023년 5월 22일

지은이	이항래
펴낸이	이기봉
편집	좋은땅 편집팀
펴낸곳	도서출판 좋은땅
주소	서울특별시 마포구 양화로12길 26 지월드빌딩 (서교동 395-7)
전화	02)374-8616~7
팩스	02)374-8614
이메일	gworldbook@naver.com
홈페이지	www.g-world.co.kr

ISBN   979-11-388-1929-9 (03810)

생각,
붙들다

이항래 지음

좋은땅

차 례

　우리는 늘 무언가를 생각하고 있다.

　살아 있는 동안에는 무슨 생각이든 생각을 하게 되는 것이고 또한 생각 없이는 살아갈 수도 없다. 그러니까 생각을 하고 있다는 것은 '나는 살아 있다'는 것이 되고, 내가 살아 있다는 것은 '나는 존재한다.'는 것이 된다. 그래서 "나는 생각한다, 고로 나는 존재한다."는 말은 그 말의 본래의 뜻이 무엇이든 언제나 타당하다.

　생각해 보면, 생각은 나의 의지와 관계없이 찾아온다. 문득 또는 슬그머니, 언제나 그렇게 아무런 예고도 없이 찾아온다. 그래서 우리는 '생각이 떠오른다.'고 하지 '생각을 만든다.'고는 하지 않는다. 그러니까 생각은 살아가는 동안 느닷없이 그리고 그게 끊임없이 떠오르는 것이다. 그리고는 곧 사라진다. 좀처럼 머물러 있질 않는다. 그것 또한 우리가 살아 있기 때문이다.

　지금 이 순간이 지나가지 않으면 다음 순간이 올 수가 없다. 이처럼 시간은 머물러 있질 않는다. 지나가야만 하는 것이다. 따라서 지금 이 순간이 지나가면 지금 떠오른 생각도 지나가야 한다. 생각은 그러면서 사라지고 잊혀 간다. 그러면 그건 기억되지 않는 생각이 되고 그땐 이미 나의 생각이 아닌 것이 된다.

이렇게 사라져 가는 생각 중에는 남기고 싶고 또는 새겨 보고 싶은 생각들도 있고, 그런 생각들은 사라져 간 뒤에야 아쉬워하기도 하고 안타깝게 느끼기도 한다. 그래서 가끔은 그런 생각들을 붙잡아 보기도 했다. 그러면 어떤 생각들은 생각이 꼬리에 꼬리를 물고 이어지면서 깊어지기도 한다.

어쨌든 그때 붙잡은 생각이 짧은 생각이든 아니면 깊어진 생각이든 지금 그걸 모아서 이렇게 책으로 남기고자 하는 것이다.

아포리즘 &

생각, 붙들다

하나. 무위(無爲)

모남이
구르고
구르고,
또 굴러서
둥글어졌다.

다만 굴렀을 뿐이다.

생각, 붙들다

둘. 둥긂

줄곧
채이고
부딪치고
구르고 나서야
둥글어졌다.
모남이
스스로 둥글어지지는 않는다.

그래도
스스로는 둥긂을 모른다.

셋. 굽은 길

1.

자연스런 물길은 늘 돌아서 간다. 곧은 물길은 모두가 사람들이 손을 댄 물길이다. 그러니까 곧은길이 바른 길인 것만은 아니다. 돌아가는 길이 바른 길이다. 돌아가는 물길 앞에는 돌부리도 있고 웅덩이도 있고 낭떠러지도 있다. 그때마다 물길은 주위에 맞게 길을 틀어 가기도 하고 잠깐씩 멈추기도 하고 또는 뛰어내리기도 한다. 이처럼 만사에도 다 이런저런 사연이 있게 마련인 것이고 그때마다 우리는 그 사연에 맞게 대처하면서 살아간다. 그렇게 늘 굽으면서 간다.

2.

물길이 웅덩이(沼)를 만나면 물은 거기에서 숨을 고르고 잠시 머무른다. 그러면서 더 나아가야 할 길을 찾는다. 그리곤 다시 길을 떠난다. 그때에도 곧은길로 가는 법이 없다. 돌아서 간다. 늘 그렇게 간다.

한자에서 바를 정(正) 자를 보면 그 이치를 알 수 있다. 바를 정자는 한 일(一) 자와 그칠 지(止) 자로 이루어져 있다. 한 번 멈추어 보아야 비로소 바른 길로 갈 수 있다는 뜻이 아닐까? 가기만 하는 것이 아니라 가다가 한 번쯤은 멈추어 서서 나아갈 길을 살펴보아야 바르게 갈 수 있다는 뜻이다.

생각, 붙들다

넷. 물길

물은 낮은 곳으로 흐른다.

이때 땅의 구조는 울퉁불퉁하여 낮은 곳은 이미 정해져 있다. 따라서 물길은 만들어져 있었던 것이고, 물이 그 길을 따라 흐르는 것일 뿐이다. 물은 물길을 '만들면서' 흐르는 것이 아니라 물길을 '찾아서' 흐르는 것이다. 없는 길을 만드는 것을 인위라 하고, 있는 길을 찾는 것을 자연이라 한다.

물은 낮은 곳으로만 흐르는데 사람들의 욕구는 높은 곳으로만 향해 있다. 물은 갈수록 더 낮은 곳을 찾고, 욕구는 갈수록 더 높은 곳을 찾는다.

나를 낮출 줄 알면 흐름에 막힘이 없다. 욕구가 삶을 힘들게 하는 이유가 거기에 있다. 물의 흐름을 보면 삶의 이치가 보인다.

과학에선 물이 낮은 곳으로 흐르는 것은 중력 때문이라고 한다. 그러나 물이 흘러가는 것을 보고 중력을 떠올리는 사람은 없다. 낮출 줄 알기 때문에 흘러가는 것이라고 생각하는 것이다. 과학의 이치보다 삶의 이치가 먼저이기 때문이다.

다섯. 다 저러하구나

어느 날 먼 길을 걸어온 한 사내가 강가에 이르렀다. 앞에는 역시 먼 길을 흘러온 강물이 소리 없이 흐르고 있었다. 그 사내는 한참을 강물을 보고 앉아 있었다. 깊은 생각에 빠져 있는 듯도 했다. 그래도 강물은 아랑곳하지 않고 흘러가고 있었다. 그렇게 시간이 지나고, 또 지나고, 그러고 나서 비로소 사내는 가늘게 한마디 했다.

"흐르는 것은 다 저러하구나.(逝者如斯夫)"

그 사내는 바로 옛 노나라 사람 공자였다. 그리고 이렇게 덧붙였다.

"밤낮으로 멈추지 않는구나.(不舍晝夜)"

그러니까 흐르는 것은 쉬지 않고 간다. 멈추는 일도 없고 되돌아가는 일도 없다. 오로지 앞으로만 나아간다. 그건 강물만 그런 것은 아니다. 쉼 없이 앞으로 나아가기만 하는 것, 바로 시간이 그렇다. 그래서 시간은 곧 진행이다.

보면 그렇다. 시간은 하루가 지나면 또 내일이 오고 그러면서 매일 매일이 지나간다. 그게 모여서 한 달이 되고 또 그게 모여서 한 해가 된다. 그러면 어김없이 다음 해가 온다. 그게 거꾸로 가는 경우는 전혀 있을 수가 없다. 직선처럼 계속 나아가기만 한다. 그러나 그게 보이지도 않고 느껴지지도 않는다. 그래서 우리는 하루가 시작되면 늘 새날이라고

생각, 붙들다

한다. 시작이니까 그렇게 느낀다. 하지만 그건 착각이다. 새날이 아니라 어제와 이어진, 어제에 덧붙여진 날인 것이다. 어제까지가 단절된 것이 아닌, 어제까지가 축적된 하루가 시작되는 것이다. 그래서 지금 이 시간은 '지금'이 아니라 '지금까지'인 것이다. 그러니까 시간은 진행인 것이고, 시간이 진행한다는 것은 역사가 쌓인다는 것이 된다. 이를 두고 시간은 역사라고 하게 되는 것이다.

그걸 달리 생각해 보면 또 이렇다. 하루가 지나고 내일이 온다는 것은 사실 자연현상에 달려 있다. 해가 뜨고, 그 해가 중천을 향해 가고, 그러다가 이울고, 그리곤 해가 진다. 매일 그걸 반복한다. 날이 가는 것이다. 그게 모여서 봄, 여름, 가을, 겨울이 지나간다. 그렇게 한 해가 지나가고 다음 해가 온다. 매(每) 해가 바뀌고 지나간다. 그걸 반복한다. 이처럼 하루를 보내면서 날(日)을 반복하고, 매년 계절을 보내면서 해(年)를 반복한다. 그건 시간이 가면서 일어나는 일이다. 그래서 시간은 순환이라고 한다. 그리고 그건 자연현상인 것이고 우리는 그런 자연현상 속에서 하나의 개체로 살고 있는 것이다.

그러고 보면 시간은 진행이면서 순환인 것이다. 그때 순환은 자연현상인 것이고 진행은 역사인 것이다. 시간을 순환이라고 할 때에는 시간이 지나가는 것을 세월이라 부르고 진행이라고 할 때는 시간이 지나가는 것을 역사라고 부른다.

그러니까 시간은 그리고 우리의 삶은 역사를 만들면서 세월을 보내고 있는 것이다. 역사를 만드는 순간은 현재이니까 그때는 살고 있는 것이고, 그런 현재가 계속 지나가다 보니까 세월이 가고 있었다. 그렇게 살아가고 있는 것이다. 그래서 우리는 살고 있으면서 또한 살아가고 있는 것이다.

여섯. 시간 1

시간은 돌아옴이 없는 나아감이다. 언제 시작되었는지 또한 끝은 있는 것인지 모르는 채 나아가기만 한다. 그러면서 결코 되돌릴 수도 없고 또한 스스로 돌아오지도 않는다. 그런 직선이다. 그중에 하나의 선분이 있다. 아주 작은 선분이다. 그게 나의 삶이다.

그건 매일 매일의 작은 일들이 하나씩의 점으로 모여서 만들어진 선분이었고 그게 지금까지의 나의 일생이었다. 그리고는 오늘 또 하나의 새로운 점을 만들기 위해 새로운 시간 속으로 걸어 들어간다. 그건 내가 원하던 원하지 않던 일어나는 일이다. 내가 시간을 멈출 수는 없는 것이고, 그래서 삶은 시간이 감을 따를 수밖에 없기 때문이다. 그런 삶이 앞으로도 건너뜀이나 멈춤 없이 계속 이어질 것이다. 저절로, 지금까지처럼.

태초에, 그러니까 137억 년 전에 우주가 열렸다. 그게 지금까지 137억 년을 이어 왔고, 그동안 수많은 진화를 거쳐서 내가 태어났다. 이처럼 누구나의 삶이란 것이 비록 짧게 지나가지만 오랜 진화 속의 아주 짧은 한 선분인 것이다. 이 세상은 '지금' 온갖 사물이 모여 이루고 있지만, 그 보다는 '지금까지'의 역사로 이루어져 있다고 보아야 하는 것이다. 비록 짧은 선분일지라도, 그 선분을 선분만으로 볼 게 아니다. 직선의 일부이다. 대부분의 선분은 직선에 묻혀 드러나지 않지만 그건 분명 직선의 일부인 것이고 그 어느 선분이라도 빠지면 직선은 끊어지고 만다. 그래서 모든 선분은 존재로서의 의미를 갖는다.

생각해 보면, 다른 누구의 삶도 그렇게 아주 작은 선분으로 이루어졌다. 그 작은 선분들이 모여서 세상이 이루어졌고, 그중에 하나가 나였다.

그러나 그 작은 선분들은 다 다르다. 그게 모여서 어우러져 있고, 그래야 세상이 이루어진다. 그 어우러짐을 관계라고 부른다. 그래서 모든 선분은 관계로서의 의미를 갖는다.

따라서 모든 삶은 존재로서의 의미를 갖고 있으면서 또한 관계로서의 의미를 갖고 있다.

생각, 붙들다

일곱. 시간 2

　시간은 무한하다. 거꾸로(과거로)도 그렇고 앞으로(미래로)도 그렇다, 무한에서는 시작도 없고 끝도 없다. 그건 무한에서는 '가장'이란 말이 있을 수 없기 때문이다. '가장'이란 말이 성립된다면 그건 무한일 수 없기 때문이다.

　무한이 되려면 가장 큰 수보다 조금이라도 더 큰 수가 있어야 한다. 그래야 무한이라고 할 수 있기 때문이다. 시간도 마찬가지다. 과거의 어느 끝이라고 해도 그때보다 조금이라도 더 먼 과거가 있을 것이다. '태초에'라고 말들을 하지만 그 태초라는 것은 우리의 상상에 있는 것이고, 그 이전에도 시간은 있었다. 따라서 시간은 시작이 없다. 시간이 시작되기 이전에도 시간은 있었다. 그래서 사람들은 무시이래(無始以來)로라는 말을 한다. 시작은 없다고 생각되지만, 어쨌든 '알 수 없는, 그래도 시작이라고 부르는 것 그 이전'부터라는 뜻이다.

　미래도 마찬가지다. '미래의 끝'이라는 때를 생각한다고 해도 그때보다 더 먼 앞날이 있을 것이다. 그래야 시간은 무한한 것이고, 그래서 시간은 무한인 것이다.

　그러나 그건 '시간이란 무엇인가'하는 의미를 생각해 볼 때의 문제이지 현실에서는 '시간에는 시작이 없다'라는 말은 시간은 언제든 시작을 설정할 수 있다는 말이 된다. 그래서 언제부터 또는 지금부터라는 말이 있다. 살아가면서 우리는 늘 무엇을 해야만 하는 것이고, 그러면 꼭 그때 시작이 이루어지는 것이다. 그때가 언제일지라도 그때부터가 바로 시작인 것이다. 그리고 이런 모든 시작은 언제부터라 해도 늦지 않은 것이다. 비록 그게 작심삼일에 그칠지라도 그렇다.

여덟. 시간 3

시간이 가고 있다. 모든 동작을 멈추고 가만히 있어도 시간은 가고 있다. 그게 언제부터 있어 온 것인지를 모른다. 또한 언제 끝이 있을지도 모른다. 시간은 계속 가고 있다. 그래서 시간은 사건이나 사물과 무관하게 있는 것이고 또한 우리의 경험과는 별개로 본래 있는 것이다. 이를 아 프리오리(a priori)라고 한다.

그러나 사물의 시간은 이와는 다르다. 나의 시간은 내가 살아가면서 무엇을 할 때 비로소 나의 시간이 있는 것이지 내가 있지 않은 곳에선 나의 시간이란 있을 수가 없다. 따라서 사물의 시간은 그 사물이 있을 때만 존재한다. 그 사물이 없으면 그 사물에겐 시간을 내어 줄 수가 없다. 그 사물은 존재하지 않기 때문이다. 선형적이든 순환적이든 시간은 영원하다고 하지만, 시간은 그 시간에 일어나는 개별적 사건으로만 존재한다.

그러니까 우리에게 일어나고 있는 구체적인 일들이 바로 시간인 것이다. 그게 또한 우리에게 주어진 시간이다. 시간이란 것이 우리 삶과 별개로 존재하는 것이 아니기 때문이다. 시간을 삶과 별개의 것이라고 생각하면 그때의 시간은 아무 의미가 없다. 시간은 삶에서 항상 어떤 사건으로 나타나서 그게 쌓이고 쌓여서 역사를 이룬다. 그래서 시간은 지나가는 것이지만 또한 역사로 남는다. 시간은 우리 삶과 같이 있을 때 비로소 존재하기 때문이다. 이를 아 포스테리오리(a posteriori)라고 한다.

아홉. 장독

1.

장독은 시간을 담고 있다.

장독은 음식을 보관하는 일을 한다. 그러나 단순히 보관만 하는 것은 아니다. 묵히는 일을 한다. 그때 음식은 발효하고 익는다. 그건 시간을 담고 있다는 뜻이다. 그러니까 세월을 담고 있다는 뜻이기도 하다.

세월은 익어 가는 것이다.

2.

숙성(熟成)은 성숙(成熟)이다. 성숙해지려면 익어야 한다.

따라서 나이가 든다는 것은 늙는 것이 아니라 익는 것이다. 잘 익는 것을 숙성이라 하고 잘못 익는 것을 부패라 한다.

열. 시간은 가혹하다

삶은 시간과 공간 속에서 이루어지고 있다. 그런데 우리는 공간을 구획하고, 꾸미고, 온갖 손질을 가한다. 하지만 시간에 대해서는 전혀 손댈 수가 없다. 공간은 구체적이지만 시간은 추상적이기 때문이다.

공간은 자연이라는 힘으로 우리에게 제약을 가하고 자연의 법칙으로 우리를 규제하기도 하지만 한편으로는 우리도 인공이라는 힘으로 또는 개발이라는 일방적인 이유로 공간을 규정하고 제약하기도 한다.

그러나 시간은 우리에게 전혀 틈을 주지 않는다. 늦추거나 빨리 할 수가 없다. 쉬어 갈 때도 없다. 시간은 우리에게 규정과 제약만 가할 뿐 우리가 시간을 규정하거나 지배할 수는 없다.

시간은 이처럼 가혹하다. 그건 공간은 자연이지만 시간은 인위이기 때문이다. 자연은 우리에게 주어진 것이기 때문에 우리는 자연의 법칙을 지켜야 한다. 이처럼 자연은 우리를 제한하지만 또한 우리가 자연에게 가하는 일들을 받아주기도 하는 것이다. 그래야 우리는 자연을 이용하면서 살아갈 수 있는 것이다.

태초부터 우리에겐 공간과 함께 세월도 있었다. 그 세월이라는 것을 우리는 효율이라는 명분으로 시간을 만들었고, 효율은 우리에게 제약으로 되돌아왔다. 옛날부터 사람들은 해 뜨면 하루를 시작하고 해 지면 잠을 자는 생활을 해 왔다. 그런데 언제부터인가 사람들은 출근시간이 언제이고 점심시간이 언제이고 퇴근시간이 언제라고 규정하게 되었고, 또한 그걸 꼭 지켜야 했다.

세월을 시간으로 바꾸면서, 다시 말하면 우리가 시간을 만들어 낸 이후부터 오히려 우리가 시간의 지배를 받게 된 것이다. 자연은 우리에게 내어 주면서 지키라고 하지만 또한 우리를 치유해 주려고 한다. 그러나 시간은 세월을 우리가 일방적으로 바꾼 인위였다. 이제와선 시간을 고칠 수도, 없앨 수도 없게 된 것이다.

따라서 우리의 생활은 다만 얼마라도 시간에서 벗어나야 하지 않을까 싶다. 가능한 대로라도 나를 세월에게 맡기고 살아 보아야 할 것이다. 세월은 자연인 것이고, 자연은 그래도 치유를 해 주니까.

가끔은 해질녘 사무실 등불 밑을 벗어나 서산을 넘어가는 해를 보는 건 어떨까? 지는 해엔 이유도 없이 그냥 묻어나는 아쉬움, 그리움이 있기도 하고, 슬픔 없이도 흘릴 수 있는 눈물도 있을 수 있으니까.

해가 서산을 넘어가는 것은 자연현상이지 시간이 지나가는 것이 아니기 때문이다. 해가 넘어가는 것을 보고 "벌써 해가 넘어갔어? 몇 시야? 늦었어. 큰일이네. 빨리 가야 해"라고 할 때, 그게 시간인 것이다.

열하나. 현재의 의미

1.

시간이 지나면서 미래의 시간이 현재가 되고 또 현재의 시간이 과거가 된다. 그래서 우리는 과거, 현재, 미래를 시간이라고 생각한다. 그러나 이건 착각이다.

과거, 현재, 미래가 시간만을 의미하는 것은 아니다. 시간과 공간은 같이 움직인다. 예를 들어 현재를 보자. 지금이라는 때(시간)에 나는 여기라는 곳(공간)에서 무엇인가를 하고 있다. 그게 현재다. 그러니까 현재는 '때와 곳과 일을 다 포함하고 있는' 한 점(點)인 것이다. 그런 현재가 과거가 되고 또 미래가 현재되면서 우리의 일생이 이루어지는 것이다.

어제의 이곳과 오늘의 이곳은 다른 곳이다. 그때마다 일어나는 일이 다르기 때문이다. 그래서 오늘의 이곳은 여기이지만 어제의 이곳은 오늘과 장소는 같은 곳이지만 여기가 아니라 거기가 되는 것이다. 지금 일어나고 있는 일도 과거가 되면 지금 이 일이 아니라 그때 그 일이 되는 것이다.

따라서 모든 사건은 현재에서 벌어지는 것이고 다시 말하면 '지금 여기'에서 일어나는 일인 것이고, 그래서 우리의 일생은 매번의 현재의 모음이 되는 것이다.

생각, 붙들다

2.

'이 또한 지나가리라'라는 말이 있다.

다윗은 옛날 유대의 전성기를 이룬 왕으로 알려져 있다. 하루는 세공인을 불러 반지를 만들어달라고 하면서 이렇게 주문했다. "그 반지에 전쟁에서 승리했을 때 너무 기뻐하며 교만에 빠지지 않게 하고, 자신이 큰 절망에 빠졌을 때 결코 좌절하지 않고 용기와 희망을 가질 수 있도록 하는 글귀를 새겨 넣도록 하라."

세공인은 아름다운 반지를 만들기는 했지만, 거기에 새길 마땅한 글귀가 도무지 생각이 나지 않았다. 그리하여 지혜롭기로 소문난 왕자에게 도움을 청했고, 이때 그 왕자가 알려준 글귀가 바로 '이 또한 지나가리라' 였다. 그 왕자는 솔로몬이었다.

기쁜 일, 슬픈 일, 모두 다 지나가고 마는 것이다. 그 모두가 모여서 일생을 이루는 것이지만 그때뿐 모든 건 다 지나가기 마련이다. 모든 현재는 지나가고 마는 것이다. 그러니까 미래의 결과에 연연하지 말고 현재의 과정에 몰두하라는 것이다. 또한 현재는 곧 과거가 되는 것이고 새로 온 현재에선 지난 과거는 잊어야 하는 것이다. 우리에게 과거는 잊음이다. 그래야 과거는 비움이 되는 것이고, 새로 온 현재에 전념할 수 있는 것이다.

열둘. 뜻대로 할 수 없는 것

　그건 가려고 해도 가지지 않고, 머무르려고 해도 머물 수 있는 것이 아니다. 삶과 죽음이 그렇다. 나고 죽음이 내 뜻이 아니다.
　그래서 어느 선승이 이런 임종게(臨終偈)을 남겼다.

　　와도 온 바가 없고　　　　　來無所來
　　가도 갈 곳이 없다.　　　　　去無所去

열셋. 무등(無等)의 뜻

전라남도 광주의 진산은 무등산이다. 세상에 이보다 더 좋은 산이 있을 수 없어, 등급을 매길 수 없게 빼어나서, 무등(無等)이라 했다고 한다. 1등보다 앞서는 것, 그게 무등이었다.

그러나 내가 보기엔 그런 뜻이 아니다. 자연에서 등급을 두는 게 무슨 의미가 있겠는가? 만물은 모두가 있는 그대로일 뿐이다. 서로 다른 각자는 모두 세상의 일부분인 것이다. 이들이 모두 어우러져서 세상을 이루었다. 그러니 이들 사이에는 그저 같이 있으면 됐지 무슨 등급이 필요하겠는가? 세상에 있는 모든 사물에는 등급이 없음을 깨달은 사람이 무등이라 불렀을 것이다.

그런 뜻을 모르고 잇(利)속만 아는 사람들이 '더 좋은 산이 없어'서 무등이라고 새겼을 것이다.

열넷. 안다는 것

1.

바다를 보면 참 넓다. 그러나 그건 보이는 걸 볼 뿐이다. 그런데 세상은 그보다 훨씬 더 넓다. 생각해 보라. 보이지 않는 세상, 그게 정말 넓다. 보이지 않는 세상에 비추어보면 보이는 세상은 그저 한 줌일 뿐이다.

앎의 세상도 그렇다. 내가 지금까지 살아오면서 보고, 듣고, 배우고, 이렇게 해서 터득한 것은 무엇인가? 그거 별게 아니다. 세상일에 비해 보면 그렇게 하찮을 수가 없다. 그동안 살아오면서 알게 된 것이 너무나 미미했을 뿐이라는 것을 나이가 들어야 비로소 터득하게 된다.

그동안 안다고 했던 것은 스스로를 과장하였던 것이고, 지금 생각해 보면 그건 스스로에게 기만해 왔음을 뜻한다. 알지도 못하면서 아는 체한 것이고, 극히 피상적인 앎을 가지고 잘 알고 있는 것처럼 여겨 온 것이다.

살아가면서 세상을 보면 볼수록 세상은 점점 더 커져만 가고 그럴수록 나라는 존재는 작아진다.

2.

과학은 생명체에 대하여 DNA를 비롯하여 많은 것을 밝혀냈다. 그리고 생명에 대하여 다 아는 것처럼 얘기한다. 심지어는 생명을 만들어 낼

생각, 붙들다

수 있다고까지 거들먹거린다. 그러나 그건 화학적 또는 물리적인 규명에 지나지 않는다. 정작 생명이란 무엇인가에 대해선 규정할 수 있는 것이 없다. 내가 '나는 누구인가.'를 모르면서 '내가 나입니다.' 하는 것과 같다.

3.

사실, 알면 알수록 모르는 것이 더 많아지는 것이고, 그래서 아는 사람들은 안다는 말을 하지 못한다. 그러나 제대로 알지 못하는 사람들은 무엇을 모르는지 모르기 때문에 안다고 한다.

그래서 노자는 이렇게 말했다. "아는 사람은 말하지 않고, 말하는 사람은 미욱합니다. (知者不言 言者不知)" 도덕경 56장에 있는 구절이다.

4.

그런데 노자조차 이 말로 '아는 척하는 사람(知者)'이 되고 말았다. 그 후에 태어난 백거이라는 시인이 칠언절구(七言絶句)의 시를 지어서 노자를 조롱하였다.

말하는 사람은 아는 사람의 침묵만 못하다고
言者不如知者默
노자라는 사람에게 들었는데,
此語吾聞於老君
만약 노자 역시 아는 사람이라면
若道老君是知者

무슨 까닭에 스스로 오천 자를 지었을까?

緣何自著五千文

　칠언절구 스물여덟 자로 오천 자인 도덕경을 무색하게 만들었다. 그러는 백거이의 칠언절구도 결국은 아는 체한 것이 아닌가? 안다고 말하기는 이처럼 어려운 일이다.

열다섯. 삶이란

1.

여행은 떠남이다. 이 자리에서 다른 자리로의 떠남이다. 그리고 떠남은 얼마나 멀리 떠나는가에 따라서 더 크게 자유를 느끼게 된다. 그건 멀리 떠날수록 나를 아는 사람들이 적어지게 되고, 그러면 눈치를 보거나 체면을 지켜야 할 사람들이 줄어들고, 그만큼 내 삶에 대한 제약이 줄어들기 때문이다.

'나'는 혼자인 내가 아니다. 남들과의 틀 속에 있는 게 '나'이다. 남들과 공존하고 있다는 건 듣기 좋게 하는 말일 뿐이다. 나는 남들의 틀 속에 매어져 있다고 해야 맞다. 그렇게 속(屬)되고 또한 속(俗)된 사람이다. 그러면서 그걸 관계라고 합리화시킨다.

그러니까 멀리 떠남은 곧 커지는 자유를 의미한다.

그렇다면 이 삶에서 아주 다른 삶으로 자리를 옮긴다면, 그때 자유는 완성될 것이다. 곧 죽음은 완전한 자유다.

다른 삶, 새로운 삶이다.

2.

산다는 것은 무언가를 해야 하고 그래서 이루어야 하고,

그래서 그건 늘 그 이룸에 대한 바람이었고, 또한 못 이룰 것에 대한 두려움이었고,

그래서 그건 제약일 수밖에 없었다.

결국 그건 속(俗)됨이었다. 그게 삶이었다.

3.

그래서

'그리스인 조르바'를 쓴 그리스 사람 카잔차키스는 이런 묘비명을 남겼다.

> 나는 아무 것도 바라지 않는다.
> 나는 아무 것도 두려워하지 않는다.
> 나는 자유다.

열여섯. 가야 할 곳과 가야 할 길

1.

살다 보면, 늘 그런 것은 아니지만 우리는 자주 가야 할 곳이 생긴다. 그러면 그곳으로 간다. 목적지가 생겼고 그 목적지를 찾아서 가는 것이다. 그뿐만이 아니다. 살다 보면, 큰일이든 작은 일이든 이루어야 할 일도 자주 생긴다. 살아간다는 점에선 이루어야 할 일 역시 우리에겐 '가야 할 곳'이다. 그때의 이루어야 할 일을 목표라고 한다. 그리고 그 곳을 찾아서 간다.

'가야 할 곳'을 향해서 가는 길, 그 길은 우리에겐 '가야 할 길'이다. 그러니까 우리는 살면서 자주 '가야 할 곳'을 맞닥뜨리게 되고, 그때마다 거길 향해서 '가야 할 길'을 가고 있다.

그런데 이상한 것은 가야 할 곳은 분명히 의식하고 있지만 가야 할 길에 대해서는 잘 느끼질 못하고 있다. 목표나 목적지는 뚜렷하지만 거기까지 가는 데 대해서는, 그곳을 향해 가면서도 그저 당연히 가야 하는 것으로 여기면서 간다. 목표에 너무 매몰되어서 그걸 이루는 과정은 소홀하게 생각하기 때문이다. 과정 없이 이루어지는 일이란 없는데도 그렇다.

2.

'가야 할 곳'이 있다는 것은 그곳엘 가야 하는 이유가 있기 때문일 것이다. 즉 '왜 가야 하는가?'에서 비롯되었을 것이다. 이에 반하여 '가야 할 길'이란 '어떻게 가야 하는가?'에서 비롯된다. 그러니까 가야 할 곳은 왜(why)이고 가야 할 길은 어떻게(how)인 것이다. 사람들은 보통 왜가 먼저 있고 그에 대한 답으로 어떻게가 있다고 생각을 한다. 그래서 가야 할 길은 가야 할 곳에 종속되는 것으로 생각하기 쉽다. 그게 '가야 할 길'은 소홀하게 생각하게 되고 '가야 할 곳'에 온 생각이 매몰되는 이유이다.

사실은 '가야 할 길'을 가지 않고는 '가야 할 곳'에 이르질 못하는데도 그렇다.

3.

지금 우리에게 목표가 정해져 있다면 그건 '하나'의 목표가 있다는 것이다. 그러나 그곳에 이르는 길, 즉 가야 할 길(갈 수 있는 길)은 '여럿'이 있다. 누구나 자기가 가는 그 길이 가야 할 길이라고 생각할 수 있으나 그건 그곳에 이르는 여러 길 중의 하나이다.

나이가 들고 나서 아주 오래 전에 만났던 사람을 만나 보면 알 수 있다. 누구는 잘 살아왔다고 으스대고 또 누구는 어렵게 살았다고 의기소침해할 수 있지만, 사실 살아온 건 다 거기서 거기였다. 두 점을 잇는 수많은 곡선 중의 하나의 길을 걸어온 것뿐이다. 남보다 조금 쉬운 길로 올 수도 있고 또는 먼 길을 돌고 돌아서 올 수도 있지만 이 지점에서 만난 것만큼은 같다. 먼 길을 돌아서 왔다면 멀게 지나느라고 더 많은 경험을 했던 것이고 그래서 더 힘들었던 것이다. 그러나 그 어떤 길이든 오는 동안 누구나 매 사건마다 최선을 다하려고 했던 것만큼은 분명하다. 그때마다 그게 '가야 할 길'이었고, 모두는 그 길을 걸어온 것이다.

열일곱 · 삶

1.

삶에 목적이 있는가? 목적이 있다면 도달이 있거나 달성이 있어야 하나 삶에는 도달도 없고 달성도 없다. 어느 날 죽음을 맞이하면 삶은 그때 멈추게 된다. 죽음이란 내 의지에 의해서 오는 게 아니므로 그저 멈춤일 뿐이다. 따라서 삶이란 그때까지의 과정인 것이다. 아쉬움이나 미련을 남겨 두는 게 아니다.

2.

삶이란 바로 앞만 보면서 가는 것이다. 쉼도 되돌아감도 없는, 오직 흐름인 것이다.

열여덟. 본다는 것

1.

여행은 걷는 것이다. 그러면서 많은 걸 본다. 차로 움직일 때보다는 걸을 때 많은 것을 본다. 그래서 여행은 걷는 것이다.

그런데 걷는다는 것은 모두에게 평등하다. 한 걸음 걸을 때마다 나아가는 것은 언제나 자기의 보폭만큼이다. 신분이든, 재산이든, 아무리 잘난 사람이든, 어느 누구든지 한 걸음에 두 배로 나아갈 수 있는 사람은 없다. 그래서 평등하다.

이때 보는 것은, 아니 보이는 것은 모두에게 다 다르다. 따라서 여럿이 같이 무엇을 보았다고 해도, 그때 보는 것은, 아니 보이는 것은, 보는 사람마다 다 다르다. 같은 것을 보면서도 느낌은 다 다르기 때문이다. 보이는 만큼 느끼는 것이고, 느끼는 만큼을 받아들이기 때문이다. 결국은 받아들인 만큼을 본 것이다.

일상이 그렇다. 그때마다 받아들인 만큼 사는 것이다. 행복하다고 받아들이면 행복한 것이다.

2.

'보인다.'는 표현은 매우 자의적이다. 그건 보는 사람의 일방적인 표현이기 때문이다. 만물은 본래 다 보여 주고 있다. 그걸 우리가 본다. 다 보았지만 그중에서도 무엇 무엇이 보였다고 한다. 실제로도 그때 전부를 다 보는 것 같지만 그중 일부만을 보았다. 따라서 '보인다.'는 표현은 선택적이고 제한적이다. 우리는 보려는 것을 골라서 보면서 보인다고 하고 있기 때문이다.

만물은 '보인다.'도 아니고 '본다.'도 아니고 '보여 주고 있다.'가 본질이다. 우리는 보여 주고 있는 것 중에서 나에게 '보이는 것'만 본다. 그리고 그 '본 것'만을 표현한다. 따라서 '보인다.'가 자의적이라면 '본다.'도 자의적이다.

그래서 삶은 자의적일 수밖에 없다.

3.

눈은 보는 기능을 갖고 있다. 그러면 눈으로 본다는 것은 단순한 보는 기능의 작동인가 아니면 의도된 보는 행동인가? 그건 보려는 목적을 가진 의도된 행동이다. 우리가 목적 없이 본 것은 기억하지 않고 그냥 흘려 버린다.

따라서 사람의 신체기능은 작동이 아니라 행동이다. 그런 행동이 모여서 삶이 되는 것이고 보면 삶은 매 순간의 의도를 반영하고 있다. 의도하지 않은 행동이라 해도 거기에는 은연중의 의도가 숨어 있다.

그러니까 우리가 살아가면서 이루어지는 행동은 어떤 목적들이 있다. 그게 모여서 삶이 되지만 우리의 삶 전체로 보면 삶은 목적이 없다. '왜 사는가?'의 답이 없는 이유이다.

따라서 삶의 목적은 매 순간마다의 행동에 있다.

열아홉. 우물 안 개구리

1.

어느 날 무너진 우물 속에 사는 개구리에게 자라가 놀러왔다. 개구리가 자랑을 하기 시작했다. "나는 여기가 좋아. 아주 좋아. 밖으로 나가 우물 난간에서 놀다가 지치면 들어와서 쉴 수가 있거든. 벽돌 빠진 구멍은 아주 아늑하고 편안해. 그러다가 심심해지면 물속에 들어가 헤엄을 즐기지. 찬물에 들어가면 정신도 맑아져. 바닥 진흙에 발이 닿으면 그 감촉에 기분도 좋아지거든."

그러자 자라가 우물에 한 발을 넣어 보았다. 다른 발을 마저 넣으려 하자 무너진 벽돌에 걸려 꼼짝할 수가 없었다. 자라도 한마디 해야만 했다. "이 비좁은 데서 어떻게 살아왔니? 동해 바다에 가 봐. 크기는 끝이 없고 깊이는 알 수가 없을 정도로 큰 물이 있어. 홍수가 나도 물이 불지 않고 가뭄이 들어도 물이 줄지 않는 곳이거든. 이에 개구리는 놀라서 얼이 빠졌다."

이것은 장자의 추수(秋水)편에 있는 이야기다. [여기서 '우물 안 개구리(井底之蛙)'란 말이 생겨났다.] 이를 보면 사람들은 자기의 삶을 자랑할 일이 못된다. 그 자랑으로 그보다 못한 사람들은 그를 시기할 것이고 더 나은 사람들은 그를 무시할 것이기 때문이다.

그리고 위 이야기를 이렇게 이어나갈 수 있을 것이다. "며칠 후 개구리가 동해 바다엘 가 보았다. 바다는 너무 커서 길을 잃을 지경이었고, 너무 깊어서 숨을 쉬지 못할 것 같았다. 무엇보다도 물이 너무 짜서 한 모금도 마실 수가 없었다. 개구리는 하루를 못 견디고 돌아왔다. 우물 안이 그렇게 편안할 수가 없었다." 물론 이 이야기는 장자의 이야기에다 내 나름대로 덧붙여 본 것이다.

그래서 개구리는 동해 바다에 갈 생각이 없다. 우물 안에서 만족하면서 산다. 그건 자족(自足)이다. 그래야 분수에 맞게 살게 되는 것이다. 개구리나 자라나 다 자기의 방식으로 사는 것이다. 상대의 삶을 비하하거나 간섭할 일이 아니라 서로 존중해야 할 일이다. 그게 각자 자기의 본성대로 사는 것이다.

장자도 상대의 사는 방식을 존중해야 한다는 것은 알고 있었다. 그래서 지락(至樂)편에는 이런 이야기가 있다. "옛날에 바다에 사는 새가 서울 한복판에 날아들었다. 임금이 무척 좋아하는 새였다. 이 새를 궁궐로 데려와 극진히 모셨다. 좋은 술을 권하고 좋은 노래를 연주해 주었다. 소, 돼지, 양을 잡아 대접했다. 그러나 새는 어리둥절해할 뿐 먹지도 마시지도 않다가 사흘 후에 죽고 말았다."

비하나 간섭이 아니라도 상대를 너무 모르거나 내 방식을 강요하는 것 역시 존중이라고 볼 수가 없는 것이다.

2.

때로는 본성을 벗어나 모험을 해 보고 싶은 사람도 있다. 그것 역시 그

생각, 붙들다

사람의 본성에 내재하는 또 하나의 성정이다. 리차드 바크의 비둘기인 조나단이나 다이달로스의 아들인 이카로스가 바로 그들이다. 그들은 이상을 추구했다. 그리고 그때 행복을 느꼈다.

그러니까 사람들은 본성에서 자족으로 행복을 느낄 수도 있는 것이고, 이상을 추구하면서 행복을 느낄 수도 있는 것이다. 자족이나 이상이나 모두 행복의 한 과정이다. 그리고 그건 선택의 문제다. 또한 경우에 따라서는 살아가면서 두 가지 경우를 다 만나게도 된다. 그때마다 그건 각자 개별의 문제이고 또 그때마다 각자 선택을 하게 된다. 그게 무엇이든 그 선택은 존중되어야 한다.

스물. 강함이 부드러움을 이기는 것일까?

노자(老子)는 스승인 상용(商容)이 늙고 병들자, 이렇게 청했다.

"스승님 제게 남기실 가르침은 없으십니까?"

상용이 입을 크게 벌리며 말했다.

"무엇이 보이느냐?"

"혀가 보입니다."

"이빨은 보이느냐?"

"안 보입니다."

"알겠느냐?"

이에 노자가 대답했다.

"강한 것은 없어지고 부드러운 것은 남는다는 뜻입니다."

스승이 돌아누우면서 말했다.

"천하의 모든 일을 다 말했느니라."

강함은 잘 드러나고, 부드러움은 강함에 가려서 묻혀 있다. 강함은 적극적이라 하여 받아들여지고, 부드러움은 소극적이라 하여 내처진다. 묻힌 것, 내친 것도 눈여겨보아야 할 것이다.

바람이 불면 강한 나무는 부러지고 부드러운 갈대는 휘어질 뿐 부러지지 않는다고 부드러움을 예찬한다.

그렇다고 강함과 부드러움에 우열을 두어선 안 된다. 둘은 그저 다름일 뿐이다. 모두가 있어야 공존하는 것이고 모두가 있어서 조화를 만들 수 있는 것이다.

스물하나. 이름(名)에 대하여

1.

도리포 해변에 물이 빠져나가고 그러면 멀리까지 갯벌이 드러난다. 조그만 게들, 발걸음이 부산하다. 갯벌은 온통 게 세상이다. 농게 칠게, 밤게, 엽낭게, 납작게, …… 모양이 다양한 만큼 이름도 제각각이다.

이를 보면 이름은 구별이다. 이름으로 사물을 분별하는 것이다. 그러나 이름이 사물을 만든 것은 아니다. 먼저 사물이 있었고, 거기에 사람들이 이름을 붙였다. 우리는 이름으로 사물을 떠올리지만 사실 이름은 사물이 있고 나서 생긴 것이다.

처음에는 사물에 이름이 없었다. 밝은 낮에는 이것, 저것을 손으로 가리키면서 구분을 했고 그러면서도 의사소통이 가능했다. 그러나 밤이 되자 어둠에서는 구분을 할 수 없었다. 손이 아니라 말로 지칭할 필요가 생겼다. 그래서 사물을 이름으로 구분할 생각을 한 것이다. 그러니까 이름은 처음에는 해가 지는 저녁에 말로 사물을 구분하기 위해서 생겼다. 그래서 이름의 한자어는 저녁 석(夕) 자에 입 구(口)를 붙여서 이름 명(名)이라 하였다.

그런데 이름은 안 보일 때에도 지칭하여 구별할 수 있어야 하므로 이

생각, 붙들다

를 사용하는 사람들이 모두 그 이름이 그 사물이라고 서로 알아듣고 받아들여야 통용이 가능한 것이다. 따라서 이름은 약속이어야 했고 더 나아가 언어도 약속인 것이다. 그러니까 이름은 사물 그 자체는 아니다. 사물을 지칭하는 약속일 뿐이다. 그래서 노자는 도덕경 제1장에서 '이름(존재)을 이름 지으면 그 이름은 그러한 본래의 이름(존재)이 아니다.(名可名 非常名)'라고 했다.

이름은 약속일 뿐이지 사물 그 자체는 아니기 때문이다.

2.

그런데 약속은 약속을 받아들이는 사람들 사이에서만 가능한 것이다. 우리가 게라는 사물을 두고 게라고 부를 때 한글을 모르는 사람들은 알아듣지 못한다. 역시 게를 두고 crab이라고 부르는 사람들과 영어가 통하지 않는 사람들과는 의사소통이 안 된다. 이처럼 약속은 그 약속을 받아들이는 사람들 사이에서만 통용되는 것이다. 그건 하나의 울타리를 이루는 것이고, 그게 하나의 연(緣)을 만든다. 그리고 그 울타리 내지는 연을 너무 고집하면 울타리 밖과의 장벽이 커질 수 있게 된다. 이는 연고(緣故)의 집착에 대한 우려라 할 수 있다.

스물둘. 우리

국어사전에선 우리는 나의 복수다. 그러나 우리가 감정으로 느끼는 '우리'라는 낱말은 그 이상의 뜻을 품고 있다. 어떤 울타리 속에 같이 있는 '끼리'라는 뜻을 품고 있다.

예전에 '우리가 남이가' 하는 말이 유행한 적이 있었다. 이때의 우리는 누구인가? 경상도 사람 전체일 수도 있었고, 아니면 그때의 의도에 따라 우리의 범위는 얼마든지 달라질 수 있었다. 그러니까 제한된 사람들 사이인 것만큼은 분명하지만 그 범위는 일정하지가 않다.

그런데 여기서 그 범위보다 중요하게 생각해 보아야 할 것은 그 범위의 안과 밖의 구분이 너무나 확연하다는 점이다. 그 범위의 안은 가깝게 느끼지만 밖은 멀게 느끼게 될 수도 있기 때문이다. 그건 연(緣)이었고 관계였다. 그리고 이런 관계의 사람들은 '끼리'라는 울타리의 기억을 공유하면서 나와의 관계를 집단화하여 연(緣)에 집착하는 것이다. 그리고 연이나 관계 앞에선 연의 안과 밖을 확연하게 구분하는 것이 우리나라 사람들의 정서였다. 그 정서가 은연중에 배어 있는 것이 '우리'라는 낱말이다.

생각, 붙들다

스물셋. 어떻게

1.

서천의 하소마을 앞 갯벌을 지날 때 갑자기 비가 내렸다. 우산을 꺼내 들었다. 그때 문득 어느 책에선가 읽은 이런 이야기가 떠올랐다.

어느 순례자가 비 오는 날, 우산을 쓰고 길을 걷고 있었다. 그때 우연히 비를 맞으며 길을 가는 아이를 만났다. "얘야, 너는 우산이 없니?" 아이가 되물었다. "세상 만물이 다 비를 맞는데 왜 저만 비를 피해야 하죠?"

비가 오고, 순례자는 우산을 꺼내들었다. 그건 당연했다. 우산은 비를 피할 수 있는 도구이니까. 그러나 아이는 비를 맞고 있었다. 그것도 당연했다. 아이에겐 보이는 온 세상에 비가 내리고 있었고, 온 세상이 비를 맞고 있었으니까.

천진(天眞)일 때는 '왜 비를 피해야 하지?'에서 생각이 출발할 수 있지만, 세상에 익숙해지면 '어떻게 비를 피해야 하지?'부터 생각이 떠오르기 때문이다.

'어떻게'에 익숙해지면 점점 더 '어떻게'에 빠져들게 되고, 그러면 점점 더 편리한 세상을 만들게 되고, 그러면 그게 발전을 이루게 된다. 그걸 우리는 문명이라 부른다. 그럴수록 우리는 '어떻게'에 갇혀 살게 되고, '왜'

를 점점 더 잊고 살게 된다. 그러면서 그건 아주 당연한 일이 되어 간다.

2.

연암 박지원이 유한준에게 보낸 편지인 '답창애지삼(答蒼厓之三)'에는 이런 내용이 있다.

"마을의 어린이에게 천자문을 가르치는데, 읽기에 싫증을 내는 것을 꾸짖으니, 하는 말인즉 '저 하늘을 보면 푸르기 짝이 없는데, 천(天) 자는 푸르지가 않잖아요. 그래서 읽기가 싫어요.' 이 아이의 총명이 창힐을 굶겨 죽입니다."

생각해 보면, 사람은 태어나면서부터 '어떻게'로 삶을 시작한다. 기어 다니고, 그러다가 걷고, 뛰어 다닌다. 자라면서 무엇이든 경험하고 배운다. 그게 살아갈 수 있는 방편이기 때문이다. 이처럼 죽는 날까지 '어떻게' 살아야 하는가에 맞닥뜨린다. 삶은 궁리를 필요로 하기 때문이다. 그러나 '어떻게'의 물이 덜 든 어린이에게는 아직 '왜'가 남아 있었던 것이다.

* 한자(漢字)는 고대 중국의 황제(黃帝)시대에 창힐이란 사람이 발명하였다. (물론 이건 전설이다.) 그런데 창힐이 글자를 만든 날 괴이한 일이 발생했다. 대낮에 갑자기 밤송이만 한 비가 내리더니 밤에는 귀신의 곡소리가 들렸다. 문자를 이용하여 지식은 밝아지겠지만 도덕은 쇠하여 속이고 죽이는 일이 갈수록 많아질 것을 귀신조차 불안해했기 때문이라고 한다.

생각, 붙들다

이를 보면, '어떻게'는 대가를 필요로 하는 것인지도 모를 일이다.

3.

"어린이는 사람의 처음이고 동심(童心)은 마음의 처음이다. 대저 마음의 처음을 어떻게 잃어버리게 되는 것인가? 대게 그 처음에는 견문(見聞)이 귀를 통해 들어와 마음의 주인 노릇을 하면서 동심을 잃게 된다. 그 후 자라면서 도리(道理)가 견문을 통해 들어와 마음의 주인 노릇을 하면서 동심을 잃게 된다. 세월이 오래되어 도리와 견문이 더욱 더 많아지면 아는 바와 깨닫는 바가 더욱 더 넓어지는데 이에 높은 이름이 좋은 것인 줄 알게 되어 이름을 알리려 애쓰는 바람에 동심을 잃게 된다."

이 글은 명나라의 사상가인 이탁오의 동심설(童心說)이다. 동심의 순수함이 살아가면서 앎이 늘어갈수록 지워진다는 것이다. '어떻게 살아야 하는가?'에 대한 요령이 늘어나면서 초심을 잃게 된다는 것이다. 그리고 그 요령이란 결국은 '높은 이름'을 얻고자 함인 것이다. 앎은 늘어날수록 공명(功名)을 부르기 십상이기 때문이다.

사는데 있어서 '어떻게'는 필요하다. 그러나 '왜'를 잊지 않으면서 '어떻게'를 찾아야 한다. 초심을 잃지 않는 방법은 '겸손한 앎'인 것이다.

스물넷. 갯벌의 하루

새벽에, 해가 떠오르고
그러면 하루가 시작된다.
해는 중천을 치닫고
그러다가 다시 기울어 서산에 진다.
그렇게 하루가 간다.
그리고 밤이 된다.

그게 하루다. 이렇게 우리는 하루를 착각하고 있다. 해가 떠서 해가 질 때까지는 낮이지 하루가 아니다. 하루는 오늘 자정부터 다음 날 자정까지이다. 그러니까 하루는 깊은 한밤에서 시작해서 다음 날 깊은 한밤까지인 것이다.

그러면 갯벌의 하루는 어떤가? 만조(滿潮) 때 갯벌은 갯벌이 아니라 바다다. 갯벌이 드러날 때 비로소 갯벌이라 할 수 있다. 그리고 갯벌이 가장 많이 드러나는 때를 간조(干潮)라 한다. 간조의 시작은 갯벌이 만조일 때이다. 만조는 밀물의 끝인 것이고 그때부터 썰물이 시작하는 것이다. 그러다가 간조가 되면 다시 밀물이 시작하는 것이다. 따라서 갯벌의 하루는 만조에서 시작하여 다음 만조에서 끝난다. 그게 갯벌의 하루다. 그걸 하루에 두 번 반복한다. 그러니까 갯벌의 하루는 사람들 하루

생각, 붙들다

의 반이다.

이처럼 하루의 뜻도 생각해 볼 점이 많다.

스물다섯. 물결무늬를 보면서

흘러온 강물은 꼭 지나간다. 그러나 가고 나면 다시 오지는 않는다. 시간도 한 번 지나가면 오질 않는다. 따라서 세월도 그렇다. 흐르는 것은 다 지나가기만 한다. 그러니까 돌아오는 삶이란 없다. 한 편으로만 산다. 잘했든 잘못했든 지나가면 그만이다. 그러면서 후회도 하고 추억도 한다. 그래서 아쉬움도 생기고 그리움도 만든다.

바닷물은 다르다. 오고는 간다. 그리고는 다시 온다. 그리고 또 곧 가버린다. 이렇게 끊임없이 오고 가고를 반복한다. 갯벌을 보면 그걸 알 수 있다. 바닷물은 갯벌에 물결무늬를 남겨 두었다. 그건 떠날 때의 아쉬움이었고 그때의 기다림이었고, 그래서 돌아와야 했고 그때는 반가움이 되었다. 그러니까 물결무늬는 우리의 마음이었다.

* 썰물 때 나타나는 물결무늬는 바닷물의 왕복운동으로 생긴다. 바닷물은 약간씩 밀려 들어왔다가 다시 빠져나가기를 끊임없이 반복한다. 밀물과 썰물이다. 이때 바닷물의 흐름에 따라 모래도 들어오고 나가기를 반복하면서 자연스럽게 물결무늬를 만들어 낸다.

생각, 붙들다

스물여섯. 環境의 뜻

환(環)은 고리를 뜻한다. 그리고 고리는 연결이다. 따라서 환(環)은 사물의 관계를 의미한다. 경(境)은 경우라는 뜻으로 어떤 것의 상태를 의미한다. 따라서 環境은 우리가 사는 이 세상에서 모든 사물과 사물이 서로 연결되어 있는 상태를 의미한다.

스물일곱. 보이지 않은 것과 보지 못한 것

1.

우리가 문(門)을 보면서 우선 떠올리는 것은 열고 닫힘이다. 그게 문의 역할이다. 그런데 생각해 보면 문의 본래의 기능은 닫힘이다. 밖으로부터 안을 보호하기 위해서 만들었기 때문이다. 따라서 예로부터 성곽의 문이나 집안의 대문은 열고 닫는 결정을 안에서 하고 있었다. 그래서 그 결정을 하는 사람은 문을 항상 열어 두는 것이 무슨 큰 선심이라도 되는 것으로 생각하고 있다. 그걸 이용하는 사람들도 그렇게 받아들이고 있다. 이처럼 문에 대한 관심은 문의 열고 닫힘이다.

그러나 그런 생각은 문이 열리고 닫히는 현상만을 생각했지 문의 본래 기능을 잊고 하는 생각이다. 문은 열려 있으면 소통인 것이고, 닫혀 있으면 단절이 된다. 그리고 그 소통이나 단절이 문을 통하여 들어오고 나감을 좌우한다. 결국 문의 본래 기능은 들고 남이었다. 들어오고 나가게 하기 위해서 열고 닫는 것이 필요했던 것이다. 그러니까 문은 들어오고 나가게 하기 위하여 여닫음이 있는 것이지 문의 여닫음에 의하여 들어오고 나감이 있는 것이 아니었던 것이다.

열고 닫는 것은 보인다. 유형의 문이다. 그러나 우리는 문을 열어 놓고도, 그 문으로 사람들이 들어오고 나가는 것을 보면서도, 문의 본래 기능은 들고 남이라는 것을 생각하지 못한다. 문을 보고 문의 현상만을 생각했지 문의 본래 기능이 무엇인지를 생각하지 못하는 것이다.

이처럼 우리는 보이는 것만 생각하지 보이지 않는 본질을 잊을 때가 허다하다. 그건 보이는 것이 보이지 않는 본질을 가리고 있기 때문이다. 그래서 어린 왕자는 지구별 사람들에게 이런 말을 했다. "중요한 것은 보이질 않아." 그러나 사실 그건 보질 못한 것이지 보이지 않는 건 아니었다.

2.

2007년 1월 12일, 미국의 위싱턴 랑팡 플라자 지하철역에서 어느 남루한 차림의 악사가 바이올린을 연주하고 있었다. 발걸음을 멈추고 잠깐 관심을 보이는 사람이 있기도 했지만 대부분은 그냥 지나쳐 가고 있었다. 가끔은 동전 한 푼을 놓고 가는 사람들도 있었다. 그래 봐야 그건 고작 일곱 명뿐이었고 그때 모인 돈은 모두 해야 32달러였다.

그때 그 악사가 연주하던 악기는 무려 350만 달러를 호가하는 스트라디바리우스였다. 더욱 놀라운 것은 그 악사는 당시에는 최고의 바이올리니스트로 알려진 조수아 벨이었다.

그러니까 사람들은 그때 남루한 걸인 악사를 보았을 뿐이었지 당대 최고의 연주를 이해하진 못했다. 역시 중요한 것은 보이질 않았다. 아니 보질 못했다.

스물여덟. 소통과 단절

문(門)과 해안선은 모두 경계(境界)에 있다. 그러나 그 둘이 갖고 있는 경계의 의미는 매우 다르다. 둘 다 '들어오고 나감'은 있으나 '열고 닫음'은 문에서만 일어난다. 문은 정해 놓은 경계이고 해안선은 정해 놓지 않은 경계이기 때문이다. 열고 닫음은 인위이고 들어오고 나감은 자연이기 때문이다.

이때 인위는 구별이 아니라 차별이란 의도를 갖고 있다. 들고 남은 소통을 의미하지만 열고 닫음은 단절과 배제의 뜻을 품고 있는 것이다. 문안 사람과 문밖 사람은 구별이 아니라 차별을 의미하고 있다. 옛날 성문(城門)이 그랬다. 종교의 문 또한 그렇다. 축(軸)의 시대 이전에는 믿음에 문이 없었다. 두렵거나 기댈 수 있는 것은 무엇이든 믿음의 대상이었고, 누구나 그 믿음을 품고 살았다. 믿음이 종교가 되면서 문이 생겼고, 그게 선민(選民)을 만들었고 또한 선문(禪門)도 생겨났다.

따라서 제대로 된 소통은 문부터 없애야 한다. 그래야 차별이 아닌, 단지 경계가 되는 것이다. 경계란 '그저 다름'이란 뜻이기 때문이다. 그때 비로소 스스럼없는 소통이 이루어지는 것이다.

해안선의 바닷물은 들고 나감에 미리 정해둔 경계가 없다. 해안선이라는 경계는 물과 바다의 그저 다름일 뿐이란 것을 보여 주고 있는 것이다.

생각, 붙들다

스물아홉. 이분(二分)보다 이변(二邊)이어야

1.

밝음과 어둠에는 경계가 없다. 밝음 속에도 어둠이 있으며 어둠 속에도 밝음이 있다. 둘은 섞여서 같이 있다. 그러면서 농도를 달리하는 수많은 밝음이(또는 어둠이) 생기는 것이다. 그래서 더 밝고 아니면 덜 밝고가 있는 것이다.

만약 주위에 밝음과 어둠의 차이가 없다면, 즉 주위의 모든 사물의 밝기가 다 같다면 우리는 주위의 사물을 볼 수가 없다. 사물은 밝음과 어둠의 차이가 있어야 보이기 때문이다. 이것이 밝음과 어둠이 공존하는 이유이다.

이처럼 밝음은 밝음만으로 이루어진 것이 아니며, 어둠 또한 어둠만으로 이루진 것이 아니다. 따라서 온전한 밝음도 없고 온전한 어둠도 없다고 할 수 있다. 이것과 저것이 같이 있으니까 이것이라 할 수가 없고 저것이라 할 수도 없다. 정체성이 없다. 또는 자성(自性)이 없다고 한다. 그래서 공(空)이라고 하기도 한다.

그러니까 공(空)이란 것은 비어 있음이라는 뜻이 아니고, 공존하여 이루어지고 있으므로 어느 한쪽이라고 규정할 수 있는 것이 아니라는 뜻인 것이다. 바꿔 말하면 모든 사물은 여러 가지가 공존하여 구성할 수 있는 것이므로 공(空)이란 '모두 있을 수 있음'을 의미한다.

즉 '비어 있음'이란 '모두 있을 수 있음'인 것이다.

따라서 모든 사물이나 현상은 이분(二分)으로 나누어서 규정할 수 있는 것이 아니라 양쪽의 범위인 이변(二邊) 안에 있는 어떤 구성(스펙트럼)의 하나라고 보아야 하는 것이다. 그래야 중도(中道)가 있고 시중(時中)이 있는 것이다.

생각(사유) 또한 이분이 아니라 이변이어야 한다.

2.

해가 진다. 그리고 날이 어두워진다. 어둠이 내렸다고도 한다. 그러면 이때 어둠이 언제부터 시작되었는지 알 수 있을까?

다음 날, 해가 뜬다. 날이 밝는다. 이때에도 언제 어둠이 끝나고 밝음이 시작하였는지를 알 수 있을까?

이걸 보면 밝음과 어둠의 경계를 구분하기란 여간 어려운 게 아니다. 밝음과 어둠은 처음부터 아예 경계가 없었기 때문이다. 따라서 음(陰)과 양(陽)에는 경계가 없다.

예로부터 우주 만물은 두 가지 상반된 기운에 의해서 만들어지고 움직인다고 보았으며, 이를 음양(陰陽)이라고 하였다. 해를 향한 곳을 양, 해를 등진 곳을 음이라고 했고 이를 음양의 기준으로 삼았다.

그러나 어둠(陰)은 빛을 적게 갖고 있는 것이고 밝음(陽)은 빛을 많이 갖고 있는 것이다. 따라서 밝음과 어둠은 빛을 나누어 갖고 있을 뿐이지 수학에서처럼 정해진 경계가 있는 것이 아니다.

생각, 붙들다

수학에서는 양수(+)가 있고 음수(-)가 있고, 그 경계에 0이란 수가 있다. 그러나 수학은 그리스 로마의 수학자들에 의해 계산과 논리라는 학문으로 발전한 것으로 추상적이다. 따라서 음수의 개념도 근대에 이르기까지 많은 배척을 받았으며, 실제 생활에서는 상인들에 의해서만 활용되면서 이해될 수 있었던 것이다. 즉 갚아야 할 부채를 표시하기 위해서 음수가 필요했던 것이다.

그러니까 수학에서 마이너스(-)는 음(陰)이 아니라 갚아야 한다는 뜻인 부(負) 또는 제(除)의 의미를 갖고 있다.

음(陰)이 마이너스라는 생각이 떠오르는 것은 우리가 자라면서 계산과 논리에 의한 이분법적 학문을 배우고 생활해 온 결과이다.

서른. 그거면 됐다

1.

태초에 사람들은 문 없이 살고 있었다. 그러던 어느 날 사람들은 벽을 만들고 문을 달았다. 문안을 보호하기 위해서였다. 그때부터 문안은 안전한 곳, 좋은 곳이 되었고 문밖은 위험한 곳, 살기에 좋지 않은 곳이 되었다. 그래서 문은 차별을 만들었다.

문밖에 있는 사람들은 문밖이라는 이유만으로 소외감을 느껴야 했고 문안에 대한 동경을 갖게 되었다. 문안에 있는 사람들은 이런 감정을 조장하기 위해 문턱을 더욱 높이려 했다. 문은 차단(遮斷)이 되었고, 단절이 되었고, 이를 점점 더 굳혀야 했다. 그게 사람들 심리다.

따라서 평등과 소통을 이루기 위해선 문을 없애야 한다. 문은 경계이고 차별이기 때문이다. 어떤 사람들은 무문(無門)을 얘기하면서 문을 없앴다고 한다. 그건 말을 돌려서 무문이란 논리를 내세우는 것이지, 따지고 보면 무문도 문이다. 무문은 문을 만들지 않았을 뿐이지 경계이긴 마찬가지이다.

문과 같은 뜻으로 선문(禪門)에는 깨달음이란 것이 있다. 이것 역시

생각, 붙들다

경계를 만들기 위한 그들만의 문인 것이다. 문이나 깨달음이나 모두 다 보이지 않는 것, 안개 속에나 있는 것, 분명히 있지만 알 수는 없는 것, 등으로 경계를 만들고 울타리를 친다.

나는 나, 너는 너, 같이 있을 땐 우리, 혼자 있을 땐 각자 …… 서로가 있는 그대로를 받아들이면 되는 것, 굳이 타자를 들먹일 필요도 없는 것, 그거면 됐다.

2.

'나와 타자'라는 철학이 '나와 나의 밖'에 장벽을 만들었고 그걸 심화시켰다. 나와 남들의 생각에는 조금부터 많이까지 여러 가지 스펙트럼의 다름이 있는 것이고, 따라서 거기에는 나와 아주 많은 다름도 있을 수 있고 또는 나와 아주 작은 다름도 있을 수 있다. 그게 어느 것이든 그건 비교의 대상이 아니다. 그저 다를 뿐이다. 나와 아주 많은 다름도 다름인 것이지 틀림인 것은 아니다.

세상에는 이처럼 여러 가지 다름이 공존하면서 살고 있는 것이 현실이고, 그러니까 나 아닌 것은 그저 여러 가지 다름일 뿐이다. 또한 나도 그렇고 나 아닌 다름도 그렇고, 나를 포함하여 모든 다름은 고정되어 있는 것이 아니고 늘 변할 수 있는 것이다. 따라서 삶에서 만나는 어떤 다름이든 상황에 따라 받아들이면 되는 것이다. 그거면 됐다.

나와 같아야 한다고 생각할 때, 그건 다름이 아니라 틀림이 된다.

3.

다름을 나와 다르다는 이유로 구별하여 차별하지 말라는 것이다. 문의 안과 밖은 비록 다른 곳이기는 하지만 늘 같이 있어야 하듯이, 다름은 서로 인정하면서 공존하고 있는 것이다. 어느 한쪽이 있어야 상대방이 있는 것이다.

역경(易經)에선 "행복은 불행 때문에 가능하고 불행은 행복 속에 숨어 있다."고 했다. 밝음과 어둠, 그러니까 음과 양은 서로 반대되면서 같이 있어야 서로를 완전하게 만드는 것으로 보았다. 예로부터 내려오는 음양의 원리가 그렇다.

서른하나. 경계는 고정되어 있는 것이 아니다

1.

경계는 구분이다. 이것과 저것을 가르는 지점이 경계이다. 따라서 경계는 두 개의 다름이 같이 마주하고 있는 곳이다. 두 개의 다름을 가른다는 점에서 우리는 경계는 분명하게 정해져 있어야 한다고 생각한다. 따라서 경계는 고정되어 있는 것이라고 생각을 한다.

그러나 경계는 고정되어 있지 않다. 예를 들어 서울과 경기도의 경계는 분명하게 정해져 있다. 그러나 고정되어 있지는 않다. 오랜 기간 동안을 보면 행정구역은 여러 가지 이유로 계속 변해 왔다. 행정구역은 인위적인 경계인 것이고, 인위는 언제든지 바꿀 수 있는 것이기 때문이다. 사실은 경계라는 것 자체가 본래 인위적인 나눔인 것이다.

그런 경계는 우리의 마음속에도 여러 가지 형태로 존재하고 있다. 예를 들어 보면 우리는 욕구와 자제라는 심리를 동시에 갖고 있다. 언제는 욕구에 따라 행동하기도 하고, 또 언제는 자제를 하여 참기도 한다. 욕구와 자제 사이의 경계가 고정되어 있는 것이 아니기 때문이다.

(그런데 그건 욕구와 자제라고 구분해 놓고 그 경계를 따져 보기 때문에 생기는 결과이다.)

2.

아침바다, 모래해변이다.

작은 파도가 살금살금 다가온다. 발목을 적신다. 그리곤 살그머니 물러나더니 스러지고 만다. 또 밀려오고, 또 스러진다. 다시 또 밀려오고, 다시 또 스러진다. 쉼 없이 밀려오고, 쉼 없이 스러져 간다.

그러는 사이 바다와 뭍의 경계는 조금씩, 그렇게, 그러더니, 어느새 저만치 물러나 있었다. 썰물이었다.

바다가 뭍이 되었다. 갯벌이라고 한다. 얼마 후면 바다는 밀물이 되어 다시 돌아올 것이다. 그러면 갯벌은 다시 바다가 된다.

바다와 뭍의 경계, 늘 바뀌고 있었다.

생각, 붙들다

서른둘. 이것도 맞고 저것도 맞다

1.

어느 날 대낮에 황희 정승이 사랑채 뜰을 거닐고 있었다. 이때 갑자기 두 여종의 고함소리가 들렸고, 잠시 후 싸우던 한 여종이 정승에게 하소연을 늘어놓았다.

이에 정승은 "그래, 네 말이 옳구나." 했다. 그러자 다른 여종도 울면서 항의했다. 이번에도 정승은 같은 대답이었다. "그래, 듣고 보니 네 말도 맞구나."

이런 광경을 지켜보고 있던 조카가 못마땅한 표정으로 말했다. "무슨 일이든 잘잘못이 있기 마련인데 대감은 어찌 양쪽이 다 옳다 하십니까?" 그러자 정승은 "네 말도 옳구나." 했다.

이것도 맞고 저것도 맞다. 조카의 생각 고것도 맞다. 그게 황희의 생각이었다. 생각에서는 '틀림'이란 없다. '다름'이 있을 뿐이다. 서로가 다름을 인정하면 맞고 틀림이 없으므로 다툼은 일어나지도 않았을 것이다. 옳고 그름이 없는데 어찌 시비(是非)가 있을 수 있겠는가? 그게 이것도 맞고 저것도 맞음의 이치다.

그래서 생각해 보았다. '모두가 맞다'면서 '모든 일에는 잘잘못이 있다'는 조카의 생각도 맞다는 건 모순인 것 아닌가? '모두가 맞다'는 건 황희의 생각이었고 '모든 일에는 잘잘못이 있다'는 건 조카의 생각이었다. 그러니까 거기에서도 황희의 생각과 조카의 생각은 서로 다른 생각일 뿐 틀린 생각은 없었다. 당연히 조카에게도 '네 말도 옳구나.'한 것이다.

이런 추측도 하나의 내 생각일 뿐이다.

2.

여기 내 앞에 무엇이 있다. 나는 그 무엇을 '이것'이라고 불렀다. 그때 건너편에 있는 너는 그 무엇을 '이것'이라고 부르면 안 되고 '저것'이라고 불러야 한다고 했다. 내가 틀렸다는 것이다. 그러나 나는 '이것'이어야 한다고 주장했다. 너는 '저것'이 맞는 표현이라고 굽히지 않았다. 둘의 주장은 팽팽했고, 결국은 다툼이 되었다. 이때 각자의 주장을 굽히지 않으면 서로가 틀렸다고 하면서 둘은 하나의 결론을 낼 수 없게 된다. 그리고 다툼의 원인을 '서로의 너'에게로 돌린다. 틀림을 '나'에게서가 아니고 밖에서 찾으려 하는 것이다.

옛날 장주(莊周)도 이런 생각을 했다. 장자의 제물론에 보면 이런 글이 있다.

'나와 네가 논쟁을 한다고 하세. 네가 나를 이기고 내가 너를 이기지 못했다면 너는 정말 옳고 나는 정말 그른 것인가? 내가 너를 이기고 네가 나를 이기지 못했다면 나는 정말 옳고 너는 정말 그른가? 한쪽이 옳으면 다른 한쪽은 반드시 그른 것인가? 두 쪽이 다 옳거나 두 쪽이 다 그른 경우는 없을까?'

그래서 내가 너 있는 자리로 옮겨 가 보았다. 그랬더니 전에 내 앞에 있던 '이것'이 여기에서 보니까 '저것'이라고 하는 것이 맞다. 반대로 네가 내 자리로 오면 '저것'이 아니라 '이것'이 된다. 서로가 나를 버릴 때 상대의 주장도 맞는 게 된다. '이것'도 맞고 '저것'도 맞는 것이었다. 이것과 저것은 다름이었지 틀림이 아니었다. 다만 내가 네 자리에 가 보았을 때 (나를 버릴 줄 알아야만) 비로소 다름이 되는 것이고. 나를 고집하면 틀림인 것이다.

다름에는 옳고 그름이 없다. 따라서 옳고 그름의 판단도 없다. 다 맞는 것이다. 황희정승의 생각이었다.

3.

장자에는 '둘 다 틀린 경우도 있지 않을까' 하는 의문도 있다.

그래서 이번에는 이것과 저것의 기준이 반대인 나라로 가 보았다. 그곳에선 이곳에 있는 것을 저것이라 부르고 저곳에 있는 것을 이것이라 부르고 있었다. 이것을 이것이라 하면 틀린 것이고 저것을 저것이라 불러도 틀리는 것이다. 둘 다 틀린 경우도 있는 것이다.

처음 겪어 보니 매우 낯설고 어색했다. 매번 틀리곤 했다. 그러나 시간이 지날수록 익숙해져 가고 얼마 후에는 제대로 적응하게 되었다. 이곳의 기준에 맞출 수가 있게 되었고, 이젠 둘 다 맞는 경우가 되었다.

낯섦도 결국에는 익숙해지는 것이다. 이를 동화라 한다. 만물 사이라면 물화(物化)인 것이다. 그리고 익숙해진다는 것은 받아들임인 것이다.

4.

그러면 이것도 맞고 저것도 맞는 것이니까 나의 주장을 내세우지 말라는 것인가?

그건 아니다. 나의 기준으로 보아 나는 이것이 맞는다고 주장하지만 너의 기준으로 하면 저것도 맞을 수 있다는 점을 이해할 수가 있어야 한다는 것이고, 또한 받아들일 수도 있어야 한다는 점이다. 이때 이해는 저것에 대한 인정인 것이고 받아들임은 저것에 대한 수용인 것이다.

1962년 4월 6일 뉴욕의 카네기홀, 당시 최정상 지휘자로 알려진 레너드 번스타인은 공연에 앞서 청중들에게 이런 설명을 했다.

"지금 피아니스트 글렌 굴드와 「브람스 피아노 협주곡 1번」을 함께 연주할 것이다. 나는 굴드의 해석에 동의할 수 없다. 속도가 너무 느리고 브람스가 써 놓은 악상기호를 무시하고 있다." 이처럼 번스타인과 굴드는 공연 전 브람스 곡 해석을 두고 기 싸움을 했다. 그러나 굴드는 끝내 굽히지 않았다.

번스타인은 청중에게 이렇게 말을 이었다. "협연자를 바꾸거나 부지휘자에게 무대를 맡길 수도 있었지만 그러지 않았다. 굴드의 시도는 흥미롭기 때문이다. 이번 연주로 수없이 연주된 이 곡이 새롭게 태어날 수도 있기 때문이다." 이런 해명까지 하고 나서 굴드의 요구에 맞춰 매우 느린 템포로 브람스 곡을 이끌었다.

굴드의 독특한 스타일은 당시의 음악계에선 받아들이기 어려운 일이었으나 팬들은 굴드의 자유로움에 매력을 느낄 수도 있었다. 번스타인은 굴드의 해석을 수용한 것이다. '저것'을 수용한 것이다. 그렇다고 해서 번스타인의 '이것'이 사라지는 것은 아니니까.

서른셋. 삶과 죽음의 경계

우리는 죽음 이후를 모른다. 따라서 죽음 이후를 대비할 수도 없다. 우리가 보통 '죽음에 대비한다.'고 말할 때는 죽음 이후에 남겨 두게 되는 문제들을 대비하는 것이지 '죽음 이후의 죽은 나'를 대비하는 것은 아니다. 우리에게 죽음 이후는 없다. 죽음은 삶의 정지(停止)이기 때문이다. 죽음 이후가 없다면 당연히 삶과 죽음에도 경계란 있을 수가 없는 것이다.

그래서 동양의 현자들은 '죽음 이후'에 대해서 물어보면 대답하기를 피했다.

계로(季路)라는 공자의 제자가 물었다. "감히 죽음에 대해서 묻겠습니다."

공자가 말씀하셨다. "지금 이 삶에 대해 알지 못하는데 어찌 죽음을 알 수 있겠느냐?" 이것은 논어 선진편에 있는 대화이다. 이처럼 공자도 죽음에 대해서는 답을 피했다.

어느 날 해질녘에 만동자라는 제자가 부처님께 물었다. "이 세상은 영원합니까, 영원하지 않습니까? 사후세계는 존재합니까, 존재하지 않습니까?"

부처 역시 이렇게 답을 피했다. "나는 말하지 않아야 할 것은 말하지 않고 말해야 할 것은 말한다." 전유경에 있는 내용이다.

서른넷. 소유는 본래 이용이었다

인류의 문명은 도구에서 비롯되었다. 우리가 살아가는 데는 거의 모든 경우에 도구가 필요하고 그래서 도구를 이용한다. 그건 원시시대부터 그랬을 것이다. 이때부터 도구는 진화했고 이와 함께 문명이 발전했다. 그러면서 소유라는 욕구가 생겨났다.

옛날에는 도구는 이용이었다. 이런 도구가 오늘날까지 진화하면서 여러 가지로 분화하였고 작고 간편하게 발전하였다. 그러자 사람들은 혼자만 이용하고 싶은 욕구가 생겼다. 소유욕이 만들어진 것이다. 그러니까 본래 이용이라는 필요에다 배타적이라는 욕구가 더해진 것이 소유인 것이다.

이용이 소유(내 것)가 되면서 이젠 내 것을 지켜야 한다는 문제가 생겼다. 소유는 타인의 이용을 막아야 하기 때문이었다. 그래야 독점적이 되는 것이다.

이때부터 독점한다는 것, 내 것이라는 것은 재산이 되었고 이에 따라 자산으로서의 가치가 만들어졌다. 그건 이익을 가져온다는 뜻이다. 필요는 이용으로 만족하지만 소유는 이익을 가져왔다. 또한 이익은 멈출 줄을 모르고 커지려는 속성이 있다. 따라서 사람들은 필요한 이용뿐만 아니라 불필요한 이용에도 욕심이 갖기 시작했다. 재산을 늘린다는 욕심 때문이었다.

앞날을 대비한다는 명분으로 소유를 늘렸고, 대비라는 명분은 저장이라는 수단을 불러왔다. 그러니까 대비와 저장은 소유의 속성이다. 그런데 그 저장이라는 수단은 한계를 모른다. 장소만 늘리면 저장은 얼마든지 할 수 있기 때문이다. 이것이 소유가 커지기만 하려는 이유이다.

소유가 불필요한 이용까지 소유하게 되면서 '소유는 본래 이용이었다.'는 올챙이 적 생각을 잊어버렸다. 그러면서 소유는 점점 더 몸을 부풀렸다. 이젠 과시가 소유의 목적이 되었다. 남들에게 많이 가진 것을 보여 주기 위해서 소유하게 된 것이다. 소유가 만들어 낸 또 하나의 욕구인 셈이다.

이 점은 소유가 배타적 이용이라는 출발에서부터 이미 갖고 있었던 욕구였을 것이다. 배타적이기 위해선 남들이 나의 독점을 수긍을 해야 하는 것이고, 수긍은 인정을 의미하고 있기 때문이다. 그리고 남들의 수긍과 인정이 많아지면서 그게 과시가 되었다.

그러면 지금 당신의 소유는 자신의 이용을 위한 것인가 아니면 남들의 인정을 위한 것인가?

그게 비록 필요한 이용을 위한 소유라 할지라도 영원한 소유란 없다. 죽을 때 소유하고 있는 것을 가져갈 수는 없기 때문이다. 비록 독점적이었지만 소유한 것은 그때까지만 이용하였을 뿐이다. 그걸 보면 소유도 결국은 이용에 불과할 뿐이다.

그러니까 우리는 올챙이 적 일을 기억해야 한다. 소유는 본래 이용이었다.

서른다섯. 쓸모

내가 지금 사용하고 있는 것, 그건 내게 유용(有用)한 것이다. 내가 지금 사용하지 않는 것, 그건 내게 무용(無用)하다. 그러면 지금 내게 무용한 것은 '지금은 쓸모없다.'라고 할 수 있는가? 그건 아니다.

장자라는 책, 외물(外物)편에는 이런 대화가 나온다.

혜자가 장자에게 말했다. "그대의 얘기는 쓸모가 없어."

그러자 장자가 이렇게 대꾸했다. "쓸모없음을 알아야 쓸모 있음을 말할 수 있는 것이지. 보라, 땅은 한없이 넓지. 그러나 사람에게 쓸모 있는 땅은 지금 우리가 밟고 있는 곳뿐이야. 그러면 그 이외의 땅은 모두 다 쓸모없는 것일까? 쓸모가 없다고 생각하여 밟고 있는 땅 주위의 땅을 다 없앤다면 우리는 천길 천애에 서 있게 되는 게 아닌가? 이때도 우리가 밟고 있는 땅만을 쓸모 있다고 할 수 있겠는가?"

"아마 쓸모없는 땅도 쓸모 있다고 해야 하겠지."

"그러고 보면 쓸모없다는 것이 있어야 그때 비로소 쓸모 있음이 이루어지는 것이네."

장자는 이를 '무용(無用)의 용'이라 했다.

이 세상에 쓸모없는 것은 없다. 세상의 그 넓은 땅이 있어야 비로소 그

생각, 붙들다

중에서 우리가 밟을 수 있는 땅이 있는 것이다. 쓸모없음이 있어야 비로소 쓸모 있음이 가능해지는 것이다. 그러니까 세상은 무한한 것이고 이를 쓸모 있음과 없음으로 나누는 것은 잘못이다. 만물은 모두가 소중한 것이고, 그 모두는 스스로 존재하는 이유가 있는 것이다.

유용(有用)은 무용(無用)의 일부이다. 그게 이용(利用)이다.

서른여섯. 욕망과 자유의 관계

소유는 욕망에서 비롯한다. 그리고 사람들이 갖고자 하는 대상에는 제한이 없다. 무엇을 갖고자 하든 그건 마음먹기에 달린 것이다. 비록 그것이 가질 수 없는 것이라 해도 무엇이든 갖기를 원할 수는 있다. 이처럼 욕망의 대상은 무제한이다. 그런가 하면 욕망은 끝이 없는 경우가 대부분이다. 가져도 또 가져도, 더 갖기를 원한다. 이처럼 욕망의 크기 또한 무제한이다. 그러니까 무엇을 원하든, 또 얼마나 원하든 욕망은 무제한이다. 이를 두고 '욕망의 자유'라고 한다.

그러면서 이룰 수 없음에 실망하고 불행하다고 하면서 심한 경우에는 좌절에 빠지기도 한다. 그리고 보면 욕망에서 비롯되는 것은 소유가 아니라 불행이었다. 욕망에서 벗어날 때 비로소 불행으로부터 자유로워지는 것이다. 이를 두고 '욕망으로부터의 자유'라고 한다.

그러니까 욕망은 자유가 아니라 번뇌였고, 욕망으로부터 자유로울 때 비로소 욕망에서 벗어나게 되는 것이다.

생각, 붙들다

서른일곱. 바꿔서 생각해 보면

A : (달을 보면서) 저 달에도 인간이 흔적을 남겼지.

B : (역시 달을 보면서) 암스트롱이라는 사람이 달에 갔었어. 벌써 오래전 일이야.

1969년 7월 16일, 우주선 아폴로 11호가 달에 착륙했다. 이어서 닐 암스트롱이 처음으로 달 표면에 내려섰다. 그리고 이렇게 선언했다. "이것은 한 인간에게는 작은 걸음이지만 인류에게는 위대한 도약이다."

이건 정말이지 위대한 도약인 사건이었다. 우주로 향한 인간의 첫발을 내딛은 것이었으니까. 이로써 아폴로 11호와 닐 암스트롱이란 이름은 역사에 영원히 기억되는 영광을 안게 되었다.

그러나 그때 암스트롱과 함께 달을 밟은 또 한 사람이 있었다. 암스트롱의 동료인 올드린이 같이 달을 밟은 것이다. 다만 암스트롱이 먼저 내렸을 뿐이었다. 그러나 사람들에게 지금까지 암스트롱은 기억되지만 올드린은 까맣게 잊혀졌다.

A : 올드린 입장에선 너무 억울한 것 아냐?

B : 그래서 달 착륙을 성공하는 축하회견장에서 어느 기자가 올드린에게 물어봤지. "암스트롱이 먼저 내렸다는 것으로 처음 달을 밟은

사람이 되었습니다. 당신은 유감스럽지 않습니까?"

A : 맞아. 그게 궁금해.

B : 그때 거기에 있던 사람들도 모두가 긴장했어. 너무나 예민한 질문이잖아. 그런데 올드린은 여유만만 했어. "여러분, 꼭 기억해 주세요. 지구로 돌아올 때는 제가 제일 먼저 내렸습니다. 그러니까 지구 밖 다른 행성에서 지구로 돌아온 첫 번째 인물이 바로 저 올드린입니다."

A : 정말 멋진 답변이야. 그리고 또 멋진 사람이야.

B : 그래. 가려져 있는 곳이 더 빛날 때가 많아. 우리는 많은 그런 일들을 모르면서 살고 있을 뿐이지.

생각, 붙들다

서른여덟. 삶은 계란

1.

얼마 전, 산 속에 살던 은자(隱者)가 마을로 내려왔다. 오래도록 수행(修行)생활을 해 보았지만 답을 찾지 못해서였다. '삶이란 무엇인가'가 화두였다. 아무리 명상을 해도 답이 없었다. 이젠 다른 방법이 필요했다. 그래서 마을로 내려온 것이다. 대중 속에서 찾아볼 심산이었다.

하루는 무작정 완행열차를 타 보았다. 기차 안은 혼잡했고 그 와중에 먹을거리를 파는 소리가 들렸다. 기차 안에선 흔히 듣던 소리였다. "심심풀이 땅콩, 오징어가 있어요. 김밥이 있어요, 삶은 계란도 있어요."

그때였다. 갑자기 그는 머릿속이 멍해질 수밖에 없었다. 그렇게 찾던 답이 거기에 있었기 때문이었다. '삶은 계란?' 맞다, '삶'은 계란이다. 저 사람이 그렇게 외치고 있지 않는가. '삶'은 계란이라고.

2.

우리는 이런 우스개를 한다. '닭이 먼저냐 아니면 달걀이 먼저냐고.' 물론 답이 없다. 닭과 달걀은 순환이기 때문이다. 닭이든 달걀이든 그것은 그런 순환 중의 하나일 뿐이다. 그리고 그 순환은 자연의 이치고 또한 그 순환이 바로 자연인 것이다.

그래서 이런 선(禪) 소리도 있다. "세상에 나왔지만 어디서 왔는지 모르며, 세상을 떠나지만 어디로 가는지 모른다." 이건 출생을 모른다거나 죽어서 묻힐 곳을 모른다는 얘기는 아닐 것이다. 삶을 모른다는 것이다.

그런데 어디서 왔고 어디로 간다고 할 때 그 '어디'라는 곳은 같은 곳일지도 모른다. 우리는 죽은 사람을 얘기할 때 돌아가셨다고 한다. 어디로 돌아간 것일까? 돌아간다는 것은 귀환(歸還)을 뜻한다. 그러니까 온 곳으로 간다는 뜻인 것이다. 오고 갈 때의 그 '어디'는 같은 곳이었다.

결국은 자연으로 돌아가는 것이고 그래서 순환할 수 있는 것이다. 삶은 자연의 일부이기 때문이다.

3.

속담에 '열 길 물속은 알아도 한 길 사람 속은 모른다.'고 한다. 상대방의 속은 알다가도 모를 일이기 때문에 나온 말이다. 그런데 문제는 남들의 일이 아니다. 남의 속은 알다가도 모르겠지만 내 맘 속조차 전혀 알지 못한다는 것이다. 내가 내 얼굴을 볼 수 없듯이 내가 내 마음을 보지 못한다. 그러니까 내가 내 마음을 모르는 것은 당연한 일이다.

우리가 직접 보지 못하는 내 얼굴을 볼 수 있는 방법은 거울을 통해서다. 나를 볼 수 있는 것은 나의 밖에서 나를 볼 때에나 가능한 것이다. 이건 마음을 보는 방법도 그렇다. 나를 떠나서, 내 밖에서 보아야 나를 볼 수 있는 것이다. 나를 떠나서라는 것은 아집을 버리고서 남의 시선으로 보라는 것이다. 그건 좀처럼 이루기 어려운 일이다.

사실은 내 마음을 볼 수 있다고 해도 내 마음은 늘 이랬다저랬다 하고 있을 것이고, 늘 흔들리면서 종잡을 수가 없을 것이다. 그래서 우리는 내 마음을 알려는 생각을 전혀 하지 않으면서 살고 있다.

생각, 붙들다

그러나 가끔 거울을 통해서 얼굴을 보듯이 더 가끔이라도 마음을 보는 거울을 찾아볼 수 있지는 않을까?

서른아홉. 여여(如如)의 뜻

1.

조그만 연못에 나무가 물구나무 서 있다.

나무의 반영이었다. 그게 떨고 있었다. 파문(波紋) 때문이었다.

물결이 바람에 흔들리고 있었고 그 파문이 나무(반영)를 흔들고 있었다. 그렇게 나무는 떨고 있었다.

그러면 물구나무 선 그 나무의 떨림은 물결 때문이라고 할 수 있는가? 꼭 그렇다고 할 수는 없다. 물결도 그 물결 이전에 어떤 원인이 있어서 생긴 것이기 때문이다. 그건 바람이 불어서였다. 그렇다면 그 나무의 떨림은 바람 때문이라고 할 수 있는가? 그것도 아니다. 바람 역시 그 바람이 생기게 된 원인이 있을 것이다.

그러니까 그건 연못이 거기에 있어야 했고 바람에 물결이 생겨야 했던 것이다. 결코 바람 때문에 나무 반영의 떨림이 생긴 것이 아닌 것이다. 연못과 물결과 바람이 얽히고설켜서 만들어 낸 결과이다. 그때 불어온 바람도 그 이전에 어떤 얽히고설킨 원인이 있어서 생겼을 것이고 그렇게 원인을 찾다 보면 한없이 늘어날 것이다.

따라서 세상일은 다 그렇게 해서 일어나는 것이고 이를 모두 다 자연이라 부른다. 그러니까 세상일은 자연의 순리여야 하는 것이고, 거기에

순응하여야 제대로 된 결과를 이룰 수 있는 것이다.

옛날 인도의 철학자 나가르주나(龍樹)는 "이것이 있기 때문에 저것이 있다는 말은 잘못이다.(說有是事故 是事有不然)"라고 했다. 이것과 저것은 직접적인 인과(因果)로 연결되어 있는 것이 아니라 보이지 않는 여러 가지가 얽히고설켜 있는 관계라는 뜻인 것이다.

2.

어느 책에서 이런 글을 보았다.

옛날 중국에서의 일이다. 하루는 바람에 흔들리는 깃발을 보고 두 스님이 논쟁을 벌이고 있었다. 그걸 보고, 한 스님은 바람이 움직인다고 하였고 다른 스님은 깃발이 움직인다고 하고 있었다. 두 스님의 주장은 아주 팽팽했다. 누구 한 사람도 물러나려고 하지 않았다. 그때 나타난 또 한 스님의 한마디가 이 논쟁을 끝내 버렸다.

"그건 바람이 움직이는 것도 아니고 깃발이 움직이는 것도 아니다. 다만 그대들의 마음이 움직이고 있을 뿐이다." 그 스님은 바로 혜능선사였다.

한 스님의 마음은 바람이 움직이는 것에 가 있었고 다른 스님의 마음은 깃발이 움직이는 것에 가 있었던 것이니까 결국은 마음이 움직이고 있었다는 것이다.

그 후에 이 일화를 두고 무문 혜개라는 스님이 한마디 더 덧붙였다.

"그것은 깃발이 움직인 것도 아니고, 바람이 움직인 것도 아니고, 마음이 움직인 것도 아니다."

그러면 무엇이 움직인 것인가? 아쉽게도 이 책의 지은이는 "해석은 독자의 몫이라."고 하고 끝내 버렸다.

그래서 생각해 보았다. 깃발은 움직이려는 마음이 없었다. 바람은 움직이게 하려는 마음이 없었다. 바라보는 사람의 마음 역시 움직이려는 마음도 움직이게 하려는 마음도 없었다. 그냥 그대로 일어난 일이고 그냥 그대로 보고 있을 뿐이었다.

우리가 보는 모든 것은 늘 얽히고설켜서 일어나고 있는 일이다. 이를 자연이라고 한다. 마음이 하는 것이 아니다. 그저 그대로 일어나고 있을 뿐이다. 여여(如如)하다고 한다.

마흔. 스마트폰에 대하여

1.

우리는 스마트폰이 하루가 다르게 진화하는 것을 본다. 온갖 기능을 추가해 나가고 있다. 그건 사고의 전환이 있었기 때문에 가능한 일이었다. 폰의 본래 기능은 전화통화다. 그러나 폰은 이런 본래 기능만을 고집하기를 버렸다. 그러자 카메라, 검색, 영상, 게임 등 여러 기능이 하나하나씩 덧붙여졌다. 폰의 한계를 벗어나자 확장성은 무한(無限)이 된 것이다.

폰이 폰이기를 버렸기 때문에 가능한 일이었다. '나'이기를 내려놓은 것이다. 자아(自我)를 버리니까 모든 게 가능해졌다. 그걸 보면 무아(無我)는 '나'의 무한한 확장성인 것이다. '없음'은 없는 것이 아니라 '무한한 있음'이 될 수 있는 것이다.

2.

나를 내려놓는다, 나를 비운다 함은, 나의 소멸이어야 한다. 선입견, 아집, 지식, 이런 모든 것들이 무시되어야 한다. 그래야 비운 것이 된다. 그때 비로소 나의 소멸이 이루어진다.

그러나 그건 어렵다. 노력할 뿐이다.

3.

숲을 벗어날 때 비로소 숲이 보인다. 나를 벗어나야 나를 볼 수 있다.

생각, 붙들다

마흔하나. 나눔

나눔은 베푸는 것이 아니다. 베풂에는 받는 사람의 고마움을 기대하는 의미가 숨어 있다. 그래서 이런 말을 한다. "그렇게 베풀어 주어도 고마움을 몰라!"

나눔은 주는 것이 아니다. 줌에는 언젠가의 받음을 의미하고 있다. 이때는 이런 말도 한다. "받았으면 줄 줄을 알아야지."

나눔은 그저 나눌 뿐이다.

그런데 나눔이 베풂이나 줌과 다른 점은 나눔은 상대보다 나눈 사람이 더 행복해진다는 것이다. 그래서 사랑은 나눔인 것이다. 내가 너를 사랑함으로 해서 내가 더 행복해지기 때문이다.

마흔둘. 행복이란?

오늘 하루가 즐거웠다. 그런 하루를 보냈다면 행복 속에서 잠을 잘 수
있을 것이다. 즐겁게 산다는 건 행복이기 때문이다. 행복이란 특별한 게
아니다. 사소한 일상으로 이루어진 하루, 그게 즐거우면 행복한 것이다.

그런데 행복은 혼자 있을 때 오는 게 아니다. 간혹 성취감으로 혼자 행
복해할 때도 있지만 대부분의 행복은 다른 사람들과의 관계 속에서 느
낀다. 관계가 행복을 느끼게 하는 것이다.

그러니까 느낄 때 비로소 행복해지는 것이다.

어느 책엔가 이런 구절이 있다. '세상은 있는 그대로 존재하는 것이 아
니라 우리가 받아들이는 대로 존재한다.'고. 행복이란 것이 바로 그렇
다. 행복은 스스로 존재하는 것이 아니다. 우리가 행복하다고 받아들일
때(느낄 때) 비로소 존재한다. 그래서 행복은 명사가 아니라고 한다. '행
복해하다'라는 동사일 때 의미가 있다는 것이다. '즐겁게 살다'라는 동사
일 때 행복이 존재한다는 것이다.

생각, 붙들다

마흔셋. 사랑과 행복

우리는 누군가를 사랑한다는 것은 그 누군가를 행복하게 해 주려는 노력이라고 생각하고 있다. 때로는 그 노력으로도 그 누군가가 행복해지지 않는다고 실망을 하기도 한다. 그러나 사랑은 기대가 아니다.

사랑한다면 그 누군가와 같이 있어주기만 하면 된다. 그것만으로도 그 누군가는 행복해지고 있다. 우리가 서로 그걸 느끼지 못하고 있을 뿐이다.

우리는 행복에 너무 집착하고 있다. 행복을 주려고 하기보다는 같이 있어 주고 싶다는 생각이면 된다. 행복은 결과다. 사랑은 행복이라는 결과를 만드는 과정인 것이다. 서로 진실로 사랑하는 사람들은 행복을 주는 것이 아니라 사랑을 주고 있다.

마흔넷. 새로움에 대하여

1.

새로움은 느낌이다. 우리는 익숙한 것을 만나면 대부분의 경우에는 익숙하다는 느낌도 없이 그냥 지나친다. 그러나 새로운 것을 만나면 낯설기 때문에 새롭다는 것을 바로 느낀다. 그래서 새로움은 흥미를 갖게 만들고 때로는 환호하게 되기도 한다.

그 새로운 것이 생각(인식)이라면 그때의 새로움은 깨달음이다. 그건 때로는 삶의 방편이 되기도 하고, 때로는 삶의 지혜가 되기도 한다. 그래서 우리는 늘 새로운 생각을 기다리는 것이다.

그런데 새로움이란 다른 말로하면 변화다. 그때의 느낌이나 깨달음은 그 변화에 대한 우리의 반응인 것이다.

그리고 그 변화는 멈춤이 없어야 한다. 멈추면 고이고, 고이면 썩기 때문이다. 그래서 아주 먼 옛날 중국 상나라의 탕 임금은 청동 세숫대야에 이런 글을 새겨 넣었다.

苟日新, 日日新, 又日新(구일신, 일일신, 우일신)

'어느 하루 새로움을 맛본 사람은, 날마다 새로워지고자 하며, 또 하루하루 새로워지려고 노력한다.'는 뜻이다.

생각, 붙들다

어느 날 아침, 탕 임금은 찬물에 세수를 하다가 여느 날과는 다른 느낌이 들었다. 잠이 달아나고 정신이 맑아진 것이다. 거울을 보니 잠 깬 얼굴이 깨끗해져 있었다. 새로움을 느낀 것이다. 그때 '새로움이란 맑아짐이고 깨끗함이구나.'하고 깨달았다. 이런 깨달음을 날마다 간직하고 싶었다. 매일 아침에 세수할 때마다 기억해야 할 것 같았다. 그래서 세숫대야에 "苟日新, 日日新, 又日新(구일신, 일일신, 우일신)"이라고 새겨 넣었다. 그러면 하루하루 새로워지려는 노력을 할 수 있을 것이었다. 하루하루가 새로우면 늘 새로울 수 있을 것이었다. 탕 임금의 생각이 그랬다.

2.

"차창으로는 그림 같은 초원에서 동화에나 나옴직한 소 떼 수백 마리가 풀을 뜯고 있었다. 처음 보는 장면이었다. 그 장면에 모두가 매혹되었다. 수십 킬로미터를 지나도록 창 밖에 시선을 빼앗긴 채 감탄해 마지 않았다. 아, 정말 아름답다!"

이 글은 세스 고딘이 지은 『보랏빛 소』라는 마케팅이론 책에 있는 내용이다. 이처럼 사람들은 낯선 장면에 감동한다. 낯섦은 새로움이기 때문이다.

낯섦도 오래 지나면 익숙해진다. 그러면 새로움도 지루해진다. 『보랏빛 소』라는 책의 그 다음 구절을 보자.

"그런데 얼마 지나지 않아 우리는 그 소들을 외면하기 시작했다. 새로 보이는 소들은 그 소가 그 소였다. 한때 경이롭게 보이던 것들이 이제는 평범해 보였다. 한마디로 지루하기 짝이 없었다. 그렇지만 만일 그때 보랏빛 소떼라도 만난다면……, 이제는 다시 흥미가 당길 것이다."

한 번 감동을 느꼈던 것도 오래 보면 지루해진다는 것이다. 새로운 낯섦은 계속되어야 한다는 것이다. '일일신 우일신'인 것이다.

3.

그러나 우리의 삶은 반복으로 이루어져 있다. 매일 매일을 똑같은 삶으로 살고 있다. 그리고 그걸 일상(日常, routine)이라고 부른다. 하루하루의 생활이 같은 패턴이란 뜻을 품고 있다. 그래야 생활이 단순하고, 그러면 편리하고 익숙해지기 때문이다. 그래서 낯섦도 오래 지나면 편리하고 익숙해지는 것이다. 매일 매일이 낯설고 불안하고 복잡하면 살기 어렵기 때문이다. 그래서 우리는 "별일 없어!" "그냥 그렇지 뭐." "응, 좋아."라고 하면서 생활을 하고 있다.

그러나 그건 편하다는 뜻이지만 다른 한편으로는 지루하다는 뜻이기도 하다. 이때 보랏빛 소라도 나타나면 환호하고 열광한다. 낯섦은 새로움이기 때문이다. 그러면서 그게 새로운 경험으로 기억되고 우리의 삶의 영역이 늘어나게 되는 것이다.

그때 우리가 알아야 할 것은 그때까지의 일상이 반복되는 지루함이 있었기 때문에 낯섦이 새롭다는 것을 느낄 수 있었다는 점이다. 우리의 일생은 대부분이 반복되는 익숙함으로 이루어져 있고 그 위에서 새로움이 찾아왔다는 것이다.

낯섦은 익숙함이 있어야 두드러지는 것이다.

생각, 붙들다

마흔다섯. 선택이란

인간의 마음속에는 일방적인 것이 없다. 새로움에 환호하면서도 익숙함의 편리를 원한다. 때로는 선한 마음으로 생각을 하다 가도 악한 마음도 같이 솟아나면서 갈등을 한다. 이뿐만이 아니라 매사에서 갈등이 일어나고, 판단하고, 선택을 해야 한다. 선택이란 둘 다 전부를 가질 수는 없다는 뜻이다. 얻는 것이 있으면 잃는 것도 있어야 한다. 모든 것은 둘 사이의 조화(조합의 비율)에 달려 있다.

마흔여섯. 전체와 부분에 대하여

전체는 부분의 합으로 이루어져 있다. 그리고 전체는 부분의 구성에 따라서 모양이 달라진다.

어느 날 바둑을 보다가 느꼈다. 전체가 부분을 결정하고 있었다. 두 대국자가 한 판을 두면서 여러 번의 겨루기를 한다. 그 여러 번의 부분적인 겨루기가 모여서 한 판의 바둑(전체)을 이룬다. 그리고 바둑의 승패는 부분적인 승리보다는 전체적인 승리에 의하여 결정된다.

부분적인 겨루기는 다양하게 이루어진다. 무엇보다 선수(先手)로 두려고 한다. 큰 곳을 먼저 차지하기 위해서다. 전체를 위한 포석이다. 또 어떤 때는 적은 것을 버린다. 전체를 위해서다. 이를 사석작전(捨石作戰)이라고 한다. 또 어떤 때는 내 것을 내어주고 네 것을 받아왔다. 바꿔치기가 이루어진 것이다. 이것 역시 전체의 승리를 위해서다. 이처럼 바둑은 포석 단계부터 끝내기 단계까지 전체의 판세를 보고 부분을 결정하는 것이다. 전체가 부분을 결정하고 있었다.

그러나 삶은 다르다. 부분이 모인 전체가 우리의 일생이다. 일생이 언제까지인지 모르는 우리는 전체를 볼 수 있는 눈을 가지질 못했다. 미래는커녕 바로 앞의 수도 내다볼 수가 없다. 우리에겐 그때그때 바로 만나

생각, 붙들다

고 있는 '지금'이라는 부분만 주어져 있다. 지금에 집중하고 최선을 다하는 방법밖에는 없다. 그러면 부분의 승리가 전체의 승리가 될 수 있기 때문이다. 일생이란 전체는 지금이라는 부분의 합으로 구성되기 때문이다. 삶은 부분이 전체를 결정하고 있다.

마흔일곱. 너

1.

한 사내가 거울 앞에 서 있다. 거울 속에도 똑같이 생긴 사내가 마주보고 서 있다.

그가 거울 속 사내에게 물었다. "너 누구니?"

거울 속 사내도 그 사내에게 똑같이 묻고 있었다. "너 누구니?"

결국 '너'는 '나'였다.

('너'는 2인칭이 아니었다.)

2.

어느 날 카이레폰이라는 사내가 델포이(Delphi) 신전을 찾아갔다. 그곳에는 피티아(Pythia)라는 무녀(巫女)가 살고 있었다.

그 사내가 물었다. "아테네에서 가장 현명한 자는 누구인가?"

무녀의 대답은 의외였다. "소크라테스."

그에겐 너무나 예상 밖의 답이었기 때문이었다. 그리고 소크라테스는 그의 친구였기 때문이었다.

친구로부터 그 말을 전해 들은 소크라테스 역시 혼란스럽기는 마찬가지였다. 그는 항상 스스로는 지혜가 모자란다고 자각하고 있었고 그래서 그는 아는 자(知者)를 찾아다니며 묻고 있었기 때문이었다.

생각, 붙들다

그때 소크라테스에게 델포이의 신전 기둥에 새겨진 글귀가 떠올랐다. "너 자신을 알라.(Gnothi Seauton)"라는 글귀였다. 그리고 깨달았다. 나는 내가 무지하다는 것은 알고 있다. 그래서 아는 자들을 찾아다닌다. 그런데 그들은 자신이 아는 자라고 생각하고 있지 자신이 무지하다고 생각하진 못하고 있다. 스스로를 모르고 있는 것이다.

이것을 두고 소크라테스의 아이러니라고 한다. '무지의 지(無知의 知)'인 것이다. '너 자신을 알라'의 '너'는 바로 '나 자신'을 알라는 것이었다. 이때도 '너'는 바로 '나'라는 뜻이었다.

(그러나 신전에 있는 이 문구는 "인간이여 그대는 (신이 아니므로) 언젠가는 죽어야 하는 존재임을 알라."라는 뜻이었다.)

우리의 일상은 남과의 관계 사이에서 이루어진다. 그런 일상이 모이면 일생이 된다. 그러면서 나를 잊고 살아간다.

그러던 어느 날 '거울 속의 나'가 한마디 한다.

"너 누구니?"

3.

한 여인이 거울에게 물었다.

"이 세상에서 제일 예쁜 여자가 누구니?"

그건 당연히 나겠지 하는 생각에서였다.

그러나 대답은 달랐다. "백설공주."

화가 나서 다시 물었다. "왜 그렇지?"

누구나 다 새겨들어야 하는 대답이 돌아왔다. "너 자신을 알라."

마흔여덟. 여기 있음

1.

내가 여기 있다. 그런데 나는 누구인가?

나는 부모로부터 태어난 하나의 생명체로 살고 있다. 그러면 나의 부모는 또 누구인가? 나의 부모는 부모의 부모로부터 태어났다. 따져 보면 계속 그렇게 소급한다. 이처럼 하나의 생명체는 조상으로부터 물려받은 새로운 생명체로 끊이지 않고 이어져 왔다. 따라서 생명은 무한하다.

그러나 이를 반대로 생각해 보면 각각의 생명체는 후손에게 물려주면서 이어 가기 위해서 살아왔다. 여기서 물려준다는 것은 내가 물러나야 하는 것이고 그래야 후손이 이어받는다는 것이다. 그러니까 나의 소멸이 있어야 생명의 이어짐이 이루어지는 것이다. 이것은 생명체의 유한함이다.

따라서 생명은 무한하고 생명체는 유한하다. 그게 자연의 순리이다

그런데 사람들은 살려는 욕망으로 삶에 너무 집착한다. 자기에게 주어진 생명 이상으로 여기에(이 세상에) 머무르려고 하는 욕망을 갖고 있는 것이다. 나의 '지나친 있음'은 다음으로 이어지는 '새로운 있음'이라는 흐름을 막게 된다는 것을 모르기 때문에 그렇다. 그래서 모든 생명체에는 죽음이라는 순리가 있는 것이다. 삶에 대한 집착을 끊어 주어야 이어

짐이 가능해지기 때문이다.

이런 순리가 이루어지기 위해서 시간에는 멈춤이 없다. 미래가 현재가 되기 위해서 현재가 쉴 없이 과거가 되어가는 까닭이 그것이다. 우리가 존재한다는 것은 '여기 있음'이 아니라 '지나가는 있음' 위에 있다는 것이다.

내가 나의 죽음이라는 생명의 유한함에 집착할 것이 아니라, 자연이라는 흐름에서 생명의 무한함을 이해한다면 나의 생명이 "지나가는 있음"이라는 사실을 받아들이게 될 것이다.

2.

생명은 죽음을 향해 가고 있다. 인간들은 그걸 알고 있다. 물론 나도 그걸 안다. 그러나 그걸 느끼면서 살지는 못한다.

그걸 느낀다 해도 우리는 죽음을 맞이할 줄도, 또한 미룰 줄도 모르고 있다. 어차피 생명은 소멸일 뿐이다.

3.

여느 날처럼 탈레스와 양치기는 아침식사를 하려고 마주 앉았다.

탈레스가 먼저 입을 열었다.

"삶과 죽음은 아무런 차이가 없어."

큰 깨달음을 한 것처럼 한마디 했다.

이에 양치기가 맞받았다.

"그럼 왜 당신은 죽어 보질 않나요?"

죽는 것이나 사는 것이나 다 같다면 한 번 죽어 보지 그러느냐는 질책이었다. 그렇게 생각하면서도 죽는 것을 겁을 내고 있는 것 아니냐는 조롱이기도 했다.

이에 탈레스도 지지 않았다.

"죽든 살든 아무 차이가 없기 때문이지."

그 대답은 그리스 철학자다웠다. 내가 이미 죽음과 삶은 차이가 없다고 말하지 않았느냐는 거였다. 차이가 없는데 굳이 죽어 볼 필요가 있겠느냐는 논리였다. 논리적이었다. 의기양양했다.

하지만 이건 너무나 철학자답지 못한 생각이었다. 시간이나 생명의 의미를 모르고하는 얘기였다. 탈레스의 시대에는 그랬을 것이다.

그러나 시간은 앞선 시간이 지나가야 뒤의 시간이 올 수 있는 것이고, 생명은 앞선 생명이 물러나면서 번식이 이어져야 순환하는 것이다.

탈레스의 생각은 삶에 대한 집착일 뿐이었다.

4.

이처럼 세상은 시간과 함께 모든 게 흐름인 것이고, 그래서 멈출 수 없는 것이다. 그건 있는 것의 소멸과 새로운 것의 생성으로 이어 가는 것이다. 생명체의 죽음과 번식이라는 흐름도 그중의 하나이다. 또한 하나의 생명체 안에서도 신진대사라는 작용으로 세포의 죽음과 생성이 계속 이루어지고 있다. 따라서 생명은 우리 몸의 형태가 아니라 계속 변하고 있는 현상이라고 보아야 한다. 그 변화의 멈춤이 죽음인 것이고, 그때 한 생명의 소멸이 이루어지는 것이다.

흐름에선 멈춤이란 없고 그래서 변화만 있을 뿐이다.

생각, 붙들다

마흔아홉. 이별

우리는 일생에서 매일 그리고 매번 무언가를 잊거나. 잃거나, 떠나보 내거나, 그러면서 살아간다. 이처럼 이별은 늘 일어나는 일이고, 삶은 늘 그 상실을 받아들이는 것이다. 그러면서 그때 불행하다고 느낀다.

그러나 처음부터 받지 못하였거나 얻지 못하였거나 소외되어 살아간 다면 상실은 없을지 몰라도 불행은 더 크다.

상실이나 이별이 있다는 것이 오히려 다행이다.

쉰. 나 - 接輿

"이젠 제법 늙어 보여." 거울을 보고 이렇게 중얼거려 본다. 옛 모습이 아니다. 예전과는 다른 사람, 내가 보던 나는 어디 가고, - 그럼 넌 누구니?

그냥 살고 지나다보면, 어느 때 문득 거울을 보고 느낀다. "예전의 나는 어디 갔지?" 그렇다. 전에 보던 나는 없어졌다. 그러나 그건 자연스런 일이다. 자연은 늘 변하고 있고 나는 그 자연의 일부이기 때문이다. 시간의 흐름에 따라 자연은 쉬지 않고 변하고 있다. 거기에 맞춰서 내 모습도 변하고 있다. 어느 한 순간의 나를 나라고 규정할 수가 없다. 그저 자연의 일부로서 변하고 있을 뿐이다. 그러니까 세상과 동떨어진 독립된 개체로서의 나는 없다.

그러나 나는 있다. 자연 속에서, 자연의 일부로서 나는 존재하고 있다. 자연과는 별개인 독립된 개체로서의 나는 없을지라도 나는 자연의 일부로서 엄연히 존재하고 있다. 매번(每番)의 지금이라는 상황에서 내가 없다면 그때의 자연에는 내 자리만큼이 항상 비어 있게 된다. 그러면 그건 온전한 자연이 아닌 게 된다. 나뿐만 아니라 그때마다 자연을 이루고 있는 모든 사물이 다 그런 존재인 것이고, 모든 사물은 그래서 존재의 의미를 갖고 있는 것이다.

생각, 붙들다

그러니까 (자아로서의) 나는 없으면서 또한 (존재로서의) 나는 있어야 한다. 따라서 무엇이라고 규정할 수 있는 나는 없지만 지금까지 살아온 모든 순간은 다 나였다. 또한 세상을 이루고 있는 모든 사물은 이처럼 모두 각각의 '나'이다. 모두가 개별로서의 나는 없지만 전체를 이루는 각각의 나로서는 존재하는 것이다. 그 각각의 '나'가 모여서 세상을 이루고 있기 때문이다. 이때 '나'의 이름을 접여(接輿, 함께 이루는 자)라고 한다.

쉰하나. 모두가 소중하다

사람들은 생김새가 다 다르다. 같은 사람은 없다. 겉모습뿐만 아니라 DNA까지도 다 다르다. 그건 만물이 다 그렇다. 동식물 같은 생물뿐만 아니라 무생물인 바위조차도 그렇다. 여기 있는 돌과 저기 있는 돌이 모두 화강암이고 모양도 똑같다고 해도 그 두 개의 돌조각은 광물의 조합 비율은 같지 않다.

이처럼 사람들 개인마다 손금, 지문, 홍채가 다르듯이 만물도 개체마다 모두 다르다. 따라서 모든 만물은 개체로서 오직 하나만 존재한다. 그리고 그 하나씩인 개체들이 다 모여야 지구가 이루어진다. 그게 각각의 개체들이 존재하는 이유이다.

그래서 세상 만물은 모두가 소중하다.

쉰둘. 안전한 길

내가 잘 아는 어떤 사람은 험한 길을 다 내려왔을 때 넘어지곤 했다.
험한 길에선 조심하면서 버티다가 마음을 놓을 때 넘어졌던 것이다.

위험한 길이 더 안전한 길이다.

쉰셋. 온다는 것은?

1.

삶에서 '온다'는 것은 없다. 삶이란 그곳이 어딘지, 그게 언제인지는 모르지만 그곳을 향해 가기만 하는 것이다. 그때 왕복이란 없다. 편도승차권을 갖고 가는 여행인 것이다. 따라서 도중에 되돌아갈 수도 없고, 그 끝에 가서도 돌아설 수 없다.

그러니까 살아가는 것이란 '나는 가기'만 할 뿐인 것이고, 따라서 이 세상에서 '내가 온다.'는 일은 일어나지 않는다.

2.

'누구가 온다.'는 말은 내가 볼 때 누구가 오는 것이지 실제로는 오고 있는 사람은 가고 있는 것이다. 따라서 그때의 '누구'는 '나'(오는 주체)가 아니라, '남'(오는 행위자가 아닌 행위자를 보는 사람)일 때만 가능한 것이다. 온다는 것은 언제나 남의 일인 것이고, 나로서는 그를 맞이하는 것이다.

그래서 온다는 것은 기다림이다.

생각, 붙들다

쉰넷. 어떤 흔적

1.

뒷산을 오른다. 힘들다. 높은 산이든 낮은 산이든, 오른다는 것은 다 힘들다.

지내놓고 보니 올라갈 때는 매우 힘들었다. 아주 더딘 걸음이었다. 그러나 내려올 때는 쉬운 길이 되었다. 그리고 빠른 걸음이 되었다. 그건 세상 이치가 다 그렇다.

> 둥글기 전에 늘 둥긂을 한하였더니
> 未圓常恨就圓遲
> 둥근 후엔 어찌 그리 쉬이 이지러지나
> 圓後如何易就虧

이건 조선의 유학자 송익필이 남긴 망월(望月)이란 시의 일부다. 이룰 때는 더뎌도 내려놓을 때는 쉬이 간다. 나이가 들면서 세월이 쉬이 감을 어찌하지 못한다. 그래서 세월은 덧없다고 한다. 삶이란 언제나 그런 것이다.

그러나 쉬이 간다고 모든 게 금세 잊히고 마는 것은 아니다. 일본의 부손이라는 시인의 하이쿠가 떠오른다.

> 지고 난 후에
> 눈앞에 떠오르는
> 모란 꽃

흔적은 남기고 가는 것도 있고 사라지는 것도 있다. 어떤 기억은 지나고 나서 더 새로워지기도 한다. 지고 난 후의 모란꽃처럼.

그게 우리라는 관계의 흔적이다.

2.

기억은 과거가 다시 돌아오는 것이지만 완벽한 과거로 재현되지는 않는다. 우리가 의도한 것은 아니지만 기억은 과거의 사실에다 망각이란 이름으로 일부를 지우고, 상상이란 이름으로 일부를 더한 모습으로 돌아오기 때문이다.

쉰다섯. 노년의 변(辯)

청년은 미래를 이야기하고 장년은 현재를 이야기하고 노년은 왕년을 이야기한다는 말이 있다. 맞는 말 같아 보인다.

그러나 그렇지 않다. 노년도 청년이나 장년과 마찬가지로 죽을 때까지 미래를 생각하고 미래를 이야기한다. 사람들은 누구나 앞으로 살아갈 날을 생각하고 이야기한다. 살아가야 할 날은 앞으로이지 지난날이 아니기 때문이다.

그러면서 종종 지난날을 기억하고 이야기하기도 하는 것이다. 그때는 다른 사람들보다 노년들의 말이 길기 때문에 노년은 지난날만을 이야기한다는 인상을 준다. 그건 노년들은 살아온 날, 기억하는 날들이 다른 사람들보다 많기 때문에 품고 있는 과거의 이야기가 더 많기 때문인 것이다. 그리고 과거는, 기억은, 아름답게 치장되기 일쑤이기 때문에 과거를 더 많이 끄집어내고 치장하는 것이다.

그러나 산다는 것은 누구나 다 미래를 사는 것이다.

쉰여섯. 나이 듦

1.

사람들은 태어나는 순간 전생에서 익혔던 삶의 경험을 모두 잊어버린다. 규칙까지도.

이생에서도 그걸 미리 알고 살면 재미없을 것이기 때문이다. 그래서 이생을 살면서 다시 새로 배운다. 그걸 경험이라고 한다. 가끔은 그 경험한 일들이 품고 있는 의미를 알 수 있게 될 때도 있다. 그걸 터득이라고 한다. 그게 모이면 조그만 통찰을 이루기도 한다. 그때 비로소 나이 듦이 된다.

나이 들기는 이처럼 어렵다.

2.

예전에는 경험과 지혜가 필요했고 그게 세상을 이끌었고 그래서 나이 듦이 존경을 받았다. 그러나 지금은 지식과 효율이 경험과 지혜를 대신하게 되었다. 나이 듦은 뒷전이 되었다. 지식과 효율이 성과를 만들고 성과를 내려는 열정이 세상을 이끌게 되었다.

어떤 사람들은 나이 듦을 두고 '열정과 상실'의 사이라고 했다. 열정은 젊은이들의 것이고 나이가 들면 열정은 식어 버리는 것이라고 생각했

다. 그래서 나이 듦은 상실을 향해 가는 것이라고 했다. 그러다가 죽음
이라는 상실을 맞이한다는 것이다.

그러나 그건 잘못된 생각이다. 젊은 사람이든 나이든 사람이든 살아
있는 동안에는 열정을 갖고 행동한다. 언제든 세월에는 열정이 포함되
어 있다.

쉰일곱. 상실은 아직 멀다

'세월의 무게'라는 말이 있다.

세월이란 한 사람에겐 평생의 시간인 것이고, 그래서 인간은 평생 시간을 지고 산다는 뜻일 것이다. 이처럼 사람들은 시간에 얽매여 살고 있고 또한 시간에 쫓기듯이 살고 있다. 느끼지 못하지만 시간은 늘 짐이었다. 그리고 그건 우리가 마음대로 할 수 없는, 사는 데 전혀 예외가 없는, 삶의 조건인 것이다.

그래서 삶의 무게라고 하면 '우리를 힘들고 지치게 한다.'는 것부터 연상한다. 그리고 어떤 사람들은 믿음으로 이를 극복하려고 한다. 성경에도 이런 구절이 있다. "수고하고 무거운 짐 진 자들아 다 내게로 오라. 내가 너희를 쉬게 하리라."

고대 그리스의 철학자 에픽테토스는 그의 『편람』이라는 책 첫 장에 이렇게 썼다. 세상사에서 "어떤 것들은 우리 마음대로 할 수 있고, 어떤 것들은 우리 마음대로 할 수 없다." 그리고 살면서 만나는 거의 모든 일은 우리 마음대로 할 수 없는 것들이고 우리 마음대로 할 수 있는 일은 '생각하는' 것뿐이라고 했다.

그러니까 삶은 우리가 마음대로 할 수 없는 것들뿐이었고, 그중에서도 시간은 전혀 손써 볼 틈을 주지 않는 것이었고, 우리가 마음대로 할 수 있는 것은 '생각한다.'는 것뿐이었다. 우리가 마음대로 할 수 있는 것, 그걸 자유의지라고 한다면 '생각'만이 유일한 자유의지다. 그중의 하나가 바로 믿음이었다. 믿음은 생각에 속하는 것이니까. 이게 사람들이 나이가 들어갈수록 종교에 귀의하는 이유다.

이처럼 시간은 어찌 해 볼 수 없는 것이고 그래서 세월은 힘들고 무겁다.

그렇다면 삶의 무게는 힘든 짐이기만 한 것인가?

꼭 그렇지만은 않은 것 같다. 이런 글을 보면 그렇다. "잘 익은 벼의 모습에서 세월의 무게를 느낀다. 얼마나 아름다운 고개 숙임인가?" 여기서 세월의 무게는 결실이었다. 이런 '세월의 무게'의 모습은 아름답다.

그러면 사람들에겐 언제 아름다운 고개 숙임이 이루어지는가? 그건 세월이 지남에 따라 경험이 쌓일 때이고 그 경험의 모둠인 지혜의 무게가 느껴질 때일 것이다. 벼가 사람에게 알려주는 세월의 무게에 대한 뜻이 그렇다.

이처럼 세월의 무게는 보기에 따라 다르다.

시간은 변화를 만든다. 그러니까 세월의 무게에는 변화도 있다. "사람들은 똑같은 강물에 발을 두 번 담글 수 없다. 다른 물이 계속 흘러오기 때문이다." 고대 그리스 철학자 헤라클레이토스의 말이다. 그는 이런 말도 했다. "모든 것은 흐른다. 가만히 멈춰있는 것은 아무 것도 없다."

그러고 보면 삶의 무게는 무거운 짐이 아니었다. 아름다운 고개 숙임이었다. 노화는 짐에 의한 것이 아니라 변화에 의한 것이었다. 변화가 세월의 무게였다. 시간은 모든 것을 변하게 하기 때문이다. 자유의지인 생각도 변한다. 그래서 나이가 들어도 생각은 끊임없이 새로움을 찾고 행동은 늘 도전을 한다. 그것도 아주 열정적으로.

그때 나이는 숫자일 뿐이다. 상실은 아직 멀다.

쉰여덟. 기심과 압구

바다, 하 넓다. 그 바다에 한 사내가 나타났다. 그러자 갈매기 수백 마리가 몰려들었고, 그 사내를 희롱하기 시작했다. 그건 그 사내와 갈매기의 놀이였다. 그리고 그건 매일 일어나는 그 사내의 일상이었다.

하루는 그의 아버지가 말했다. "나도 갈매기와 놀고 싶구나. 몇 마리만 잡아 오거라."

언제나 그런 것처럼 다음 날도 사내는 바다로 나갔다. 그날도 역시 갈매기 떼는 모여들었지만, 경계만 할 뿐 내려오진 않고 하늘에서 맴돌고 있었다.

이건 열자(列子)라는 책의 황제(黃帝)편에 있는 어느 우화의 일부이다.

그날 갈매기는 무슨 기미를 느끼고 있었다. 사내의 나쁜 마음을 읽었기 때문이었다. 이런 마음을 기심(機心)이라고 한다. 기심이 없어야 갈매기와 친하게 지낼 수 있는 것이다. 이때부터 갈매기와 친하게 지내는 것, 다시 말해 자연과 벗하면서 사는 것, 이를 두고 압구(狎鷗)라고 부르고 있다.

그래서 옛날 중국 북송의 한기라는 사람은 재상을 지내다 물러난 후에 집을 짓고 그 집을 압구정이라 부르면서 살았다. 모든 일에서 벗어났으니 마음을 비우고 갈매기(자연)를 벗하면서 지내겠다는 의미에서 그렇게 이름을 지은 것이다.

서울의 강남에는 압구정동이 있다.

조선 성종 때 한명회가 한강 가 두모포(豆毛浦) 남쪽 언덕에 정자를 지었다. (지금은 압구정동 현대아파트 자리이다.) 명나라에서 오는 사신들이 종종 즐기고 가던 정자였다.

한명회가 명나라에 사신으로 갔을 때, 전에 그 정자를 다녀간 적이 있는 한림학사 예겸(倪謙)에게 정자의 이름 짓기를 청하여 얻은 이름이 압구였다. 그리고 예겸은 이름을 그렇게 정한데 대한 글(記文)을 써 주기도 했다. 그때 써 준 글에 압구의 뜻을 설명한 내용이 있어 그 부분을 옮기면 이렇다.

"만물의 정은 반드시 기심이 없어야 서로 느낄 수 있고, 만사의 이치는 반드시 기심이 없어야 서로 이루어지는 것으로, 조금이라도 사심이 붙어 있게 하여서는 안 될 것이다. 기심이 진실로 없게 되면 조정에서는 사람들이 더불어 친하기를 즐기지 아니할 자 없고, 이 정자에 오를 적에는 갈매기도 더불어 한가히 친하지 아니함이 없으리라." 기심을 없애고 이 정자에서 압구를 이루라는 뜻이었다.

그러나 한명회는 기심을 버리지 못하면서 살았다. 그것 때문에 탄핵을 받기도 했다. 중국 사신이 왔을 때의 일이었다. 한명회가 임금께 아뢰었다. 사신이 압구정에서 놀기를 청하나 정자가 좁으니 천막을 치게 해 달라고 했다. 궁중의 천막을 내어 달라는 거였다. 그러나 궁중의 기물은 사사로이 쓰는 것이 아니었다. 이에 성종은 몹시 못마땅해했다. 그

생각, 붙들다

날 성종실록을 보면 임금은 이렇게 전교를 내렸다.

"중국 사신이 돌아가서 이 정자의 풍경이 아름답다는 것을 말하면, 뒤에 우리나라에 사신으로 오는 사람이 다 이곳에서 놀며 구경하려 할 것이니, 이는 폐단을 여는 것이다. 또 강가에 정자를 꾸며서 즐기는 곳으로 삼은 자가 많다 하는데, 나는 이를 아름다운 일로 여기지 않는다. 내일 중국 사신의 연회 장소는 제천정으로 정하고 압구정에는 장막을 치지 말도록 하라."

임금이 연회는 다음 날 제천정에서 하라고 명한 것이다. 이에 한명회는 아내가 아파서 다음 날에는 연회에 참석하지 못한다고 했다. 연회를 열겠으니 천막을 치게 해 달라고 했다가 말이 금방 바뀐 것이다. 기심이 분명했다. 승지들이 탄핵을 상소하기에 이르렀다.

이 일이 아니래도 그는 기심이 많은 사람이었다. 당시에도 그렇고 그 후로도 그런 사람으로 알려져 왔고, 그래서 바른 선비들은 그를 업신여겼다. 압구정의 편액이야기를 보면 그걸 알 수 있다.

한명회는 본인이 지은 시를 편액해서 압구정에 걸었다.

青春扶社稷　　젊어서는 사직을 돕고
白首臥江湖　　머리 희끗해서는 강호에 묻혀 살련다

압구정에서 갈매기와 벗하여 살겠다는 뜻이었다.

이를 본 매월당 김시습이 그냥 지나칠 리가 없었다. 그 시에서 두 글자를 고쳐 그를 조롱했다.

靑春亡社稷　　젊어서는 사직을 망치고

白首汚江湖　　머리 희끗해서는 강호를 더럽히네

압구의 마음보다 먼저 기심의 뜻을 살펴야 할 것이다.

쉰아홉. 알맞게

1.

자공(子貢)이 공자(孔子)에게 물었다.

"자장(子張)과 자하(子夏)는 어느 쪽이 어집니까?"

공자가 대답했다. "자장은 지나치고 자하는 미치지 못한다."

"지나친 것은 미치지 못한 것과 다를 바가 없다. (子曰, 過猶不及)"

《논어》〈선진(先進)〉편에 있는 얘기다. 여기서 과유불급이란 사자성어가 유래했다.

무엇이든 그것이 지나치게 많거나 모자라면 좋지 않다는 것이다. 어떤 책에서 이런 비유를 보았다. "신발이 너무 크면 신발 속에서 발이 미끄러져서 좋지 않고, 너무 작으면 발이 아파서 좋지 않다. 신발이 발에 알맞아야 좋다."는 것이다. 그러니까 지나쳐도 안 되고 모자라도 안 되는 것이다. 가장 좋은 것은 '알맞게'인 것이다.

여기에 여러 크기의 신발이 있다고 하자. 그중에서는 나에게 맞는 신발인 275mm도 있고 그보다 큰 것도 있고 작은 것도 있다. 다만 내게 맞는 것이 275mm인 것이다. 그러니까 적당한 것은 '알맞게'인 것이다. 이때 큰 것이나 작은 것이나 내게 맞는 275mm나 모두가 여러 크기 신발 중의 하나이다. 그러니까 275mm는 나에게 알맞게인 것이고, 다른 사람에게는 각각 다른 크기의 '알맞게'가 있는 것이다.

　그걸 유학(儒學)에선 중(中)이라 한다. 중은 가운데가 아니라 '알맞게'
인 것이다. 그것도 그때그때의 상황에 따라 알맞게인 것이다. 이를 시중
(時中)이라 한다. 그런데 알맞게란 이런 물건과 관련해서만 일어나는 일
이 아니다. 우리 삶의 모든 일에서 일어나는 문제인 것이다. 그래서 '군
자는 때에 따라 알맞게 행동한다.(君子而市中)'고 했다. 중용 제2장에 있
는 구절이다.

　때에 따라 알맞게라는 것은 정해진 것이 아니므로 그때의 나의 주관이
나 기호에 좌우될 수가 있다. 너무 '나에게 알맞게'만 주장하면 알맞게도
왜곡될 수 있는 것이다. 신중해야 될 일이다. 그래서 중용 제2장에 이어
지는 글에서도 '거리낌 없이 행동하는 것은 소인배(小人而無忌憚)'라고
했다. '때에 따라 알맞게' 행동하는 것은 살아가면서 지켜야 하는 길(道
理)이기 때문이다.

　그래서 정약용은 중용을 이렇게 풀이했다. "중(中)은 시간과 사물에
따른 차이와 변동에 알맞게 행하는 도리이고, 용(庸)은 일상에서 겪는
최선의 융통성이다."

2.

　세상은 음과 양으로 이루어져 있다. 그러나 그게 꼭 둘만인 것은 아니
다. 그 사이에는 많은 스펙트럼이 있다. 그중에 하나인 중(中)이 있다.

　중은 위치로서의 가운데가 아니라 균형으로서의 가운데를 뜻한다. 중
용의 의미가 그렇다. 우리가 살아가면서 마주치는 일들은 그때마다 상
황이 다르고, 그래서 균형이 바뀐다. 시중(時中)인 것이다.

　　　　　　　　　　　　　　　　　　　　　　　생각, 붙들다

예순. 언어와 소통

언어(표현)은 사물을 무엇이라고 나타내고 있지만 그 무엇이란 표현과 사물이 일치한다고 확신할 수는 없다. 그건 각각 다른 차원으로, 언어는 사물을 묘사하는 것이지 사물 자체는 아니기 때문이다. 그래서 철학에서는 언어(표현)와 사물을 구분하여, 표현보다는 사물에서 그것의 본질을 찾으려 하고 있다.

그러나 일상에서는 언어(표현)이면 됐지 본질은 아무런 의미를 갖지 않는다. 현실이든 사물이든 그걸 이해하기 위한 약속으로 언어를 활용했으면 됐지 언어가 사물 자체는 아니라는 이유로 언어와 현실을 다른 차원으로 나누고 거기에다 다시 본질을 찾겠다고 하는 것은 언어로 사물을 이해하기로 한 약속에 대한 배반인 것이다.

큰 사과이든 작은 사과이든 모든 사람이 사과로 알아보면 의사소통에는 문제가 없다. 그 사과들의 보편적인 개념이 필요한 것은 아니다. 사실 의사소통에서 문제되는 것은 표현하는 사람과 표현을 받아들이는 사람 사이에서의 차이에 있는 것이다. 예를 들어 '큰 사과'라고 했을 때 표현하는 사람과 받아들이는 사람 사이에서 '큰'이라는 점을 서로 다르게 생각하기 때문에 의사소통에 문제가 생길 수 있는 것이다.

예순하나. 같이 온 사람

1.

남영주라는 사람이 노자(老子)를 찾아갔다.

"그대는 그대의 스승이 보내서 왔는가?"

"네, 배움이 필요해서 찾아왔습니다."

"그런데 웬 사람을 그렇게 많이 데리고 왔는가?"

남영주는 분명히 혼자 왔고, 그래서 주위를 둘러보았다. 당연히 주위에는 아무도 없었다. 이를 보고 노자가 한마디 덧붙였다.

"그대는 내가 말하는 것을 알아듣지 못하는가?"

이 대화는 '장자'라는 책의 '경상초'편에 있는 일화이다. 경상초라는 사람이 더 가르칠 것이 없다고 생각한 그의 제자인 남영주를 노자에게 보냈다. 남영주에게 배움을 더 잇게 하기 위해서였다. 그 첫 대면이 이루어진 장면이다.

2.

우리는 시간 속에서 살아간다. 그러면서 현재는 계속 지나간다. 그게 과거라는 이름으로 잊혀가고 기억이란 이름으로 살아난다. 그 기억을 경험이라고 부른다.

생각, 붙들다

우리가 현재를 살아갈 수 있는 것은 경험에 의존하고 있기 때문이다. 우리가 지금 보고 듣고 느끼는 모든 감각은 과거의 경험에 의해서 알고 판단하고 있는 것이다. 그러니까 우리의 현재 생활은 과거의 기억이 있어서 가능한 것이다. 기억의 순기능이다.

그러나 생각이라는 빙산에선 이런 기억의 순기능은 일각에 지나지 않는다. 우리는 하루 종일을 무슨 생각 속에서 지낸다. 그것의 대부분은 잡념이다. 과거가 잡념이란 이름으로 불쑥 나타나서 현재의 나를 흔들어 놓고는 한다.

떠올리려고 했든, 의도하지 않았든 무슨 생각이 우리를 지배하고 있다. 그 대부분은 그냥, 무심코, 자주, 머릿속을 점령한다. 그걸 번뇌라고 한다. 어떤 때는 느닷없이, 또 어떤 때는 슬며시 일어나는 일이지만 우리는 늘 그런 번뇌에서 벗어나질 못한다.

노자의 얘기가 그거였다. 남영주는 혼자 왔다. 그러나 번뇌를 달고 살고 있다. 노자가 얘기한 '웬 사람'은 번뇌였다. 우리는 번뇌를 달고 산다. 그게 인간적이다. 그러나 생각(번뇌)을 덜고 살아 보려는 생각은 필요한 일이다.

예순둘. 제사에 대하여

시간은 영속한다. 이와 더불어 인간도 영속하고 또한 만물이 영속한다. 그것은 모든 생명이 생(生)과 멸(滅)로 이어지기 때문이다. 역사는 이러한 생과 멸의 기록이 남겨 놓은 흔적인 것이다. 그때 각각의 생명들은 단절(소멸)이 되고 다시 하나의 생명으로 소생한다.

그 단절과 소생은 부모와 자식이라는 관계를 매개로 하여 이어 가고 있다. 태어남이란 부모와의 관계가 생성하는 것이고 부모의 죽음은 관계의 단절을 의미한다. 그때 사람들은 이런 갑작스런 단절이 혼란스럽다. 그래서 그 관계를 좀 더 연장하려 하고 정해진 날만이라도 같이 지내온 관계를 기억하려고 한다. 그게 제사다.

따라서 제사는 미신을 믿는 것이 아니라 사후에까지 연장되는 부모와의 관계의 연장인 것이다.

생각, 붙들다

예순셋. 생긴 길과 만든 길

옛날에, 사람들은 길이 없는 길을 걸었다. 때로는 고개를 넘었고 때로는 산길을, 또는 냇물을 건너서, 그리고 얼음을 지치고 다녔다. 그저 걷기에 편하면 되었다. 그건 짐승들도 그랬다. 사람 다니는 대로 짐승도 다녔다. 그러면서 길이 되었다. 옛길은 다 그렇다. 길은 다니면서 저절로 생겼다.

그 후로 오랜 세월이 지나고, 사람들은 많은 운송수단을 만들었다. 저절로 생긴 길만으로는 아무래도 불편했다. 큰 길을 뚫었다. 신작로라 불렀다. 만든 길이 생겼다.

생긴 길은 자연이고 순리이다. 만든 길은 인위이고 편리이다.

서천군 죽산리에 가면 끝없이 펼쳐진 갯벌이 있다. 그 갯벌 저 멀리에 김 양식장이 있다. 썰물이 멀리 물러나고 갯벌이 드러나면 김 밭으로 가는 길이 열린다. 경운기가 털털거리며 지나가고, 일하러 간 아낙들을 실어온다. 이 길은 생긴 길인가 아니면 만든 길인가?

사람들이 생존을 위해 김 양식을 한다. 그 행위는 자연의 일부이다. 그때는 인위도 자연이고 순리이다. 그러면 갯벌 김 양식장으로 가는 길은 생긴 길인가 아니면 만든 길인가?

예순넷. 후회는 없다

산길을 가다 보면 종종 갈림길을 만난다. 길을 갈아타 볼까? 더 나은 길을 만날 기회일 수도 있다. 망설여진다. 선택의 순간이다. 그러나 많은 선택지는 오히려 나를 불행하게 만들 수 있다. 여러 선택지는 비교가 가능해지기 때문이다. 그 선택이 후회를 가져올 수 있기 때문이다. 따라서 선택을 한 후에는 비교하지 말아야 한다.

가야 할 길은 오직 하나인데 왜 다른 길을 비교하려 하는가? 길이 여럿 있다 해도 한꺼번에 여러 길을 갈 수는 없다. 선택을 한 후에는 지금 가고 있는 길에 만족해야 한다. 그때 최선을 다할 수 있다.

살면서 모든 것을 다 이룰 수는 없다. 얻는 게 있으면 잃는 것도 있게 마련이다. 이 길로 왔다. 그러면 다른 길로 올 수 있음을 버린 것이다. 이 길에 만족해야 한다. 그러면 언제나 후회는 없게 된다.

생각, 붙들다

예순다섯. 진화(進化)란

진화는 발전이 아니다. 적응이다.

세상이 개벽을 한 이후부터 지금의 호모사피엔스에까지 이른 것은 발전하여 온 결과가 아니다. 적응을 하였기 때문에 살아남았고, 그래서 지금에 이르렀고, 그것을 진화라고 부른다.

적응은 스스로 살아남는 방법을 찾아서 나아가는 것이다. 그러나 발전은 더 편리한 것, 더 우수한 것을 찾아서 나아가는 것이다. 따라서 발전은 적응을 무시하고 편리함을 찾기 때문에 부작용이라는 반대급부가 뒤따른다. 그것이 무엇으로 나타날지도 알지 못한다. 항상 불확실성에 놓여 있을 수밖에 없다. 미리 그리고 스스로 제어할 수 있지 못하다. 그게 발전하다가 사라지는 문명들을 만들었다.

이를 보면 진화는 적응을 하면서 '스스로 생기는' 변화이고, 발전은 편리를 찾아서 '인위로 생기는' 변화이다.

따라서 우리가 가야 하는 방향은 언제나 진화이지 발전이 아니다. 진화가 어느 방향으로 가고 있는지는 모르지만 적응만이 바른 길인 것만큼은 틀림없다. 그리고 그게 편리만을 위한 방향이 아니라는 것도 분명하다. '더 나은' 것이 아니라 '더 바른' 것이 무엇인지를 찾는 게 진화이다. 삶의 태도 역시 그렇다.

예순여섯. 생명

생명이란
따로
의미를 찾을 수 없다.

그게 바로 생명이니까.

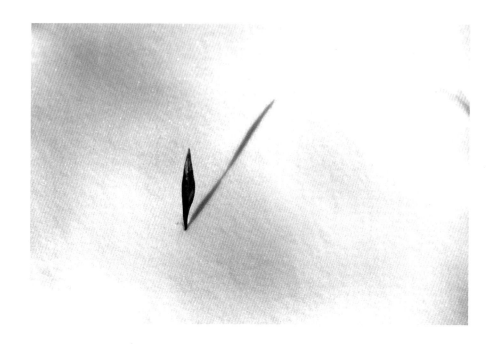

예순일곱. 경계에서

가끔은
문득, 일 때
나를 본다.

생각, 붙들다

예순여덟 일상

오늘, 그들은 헤어졌다.

생각, 붙들다

산문

"시간에 대하여"

시간이 있기 전에 세월이 있었다. 연, 월, 주, 시, 분, 초 등은 시간을 나타내는 단위이다. 하지만 이런 단위들이 시간 자체는 아니다. 이건 사람들이 만들어 낸, 시간을 나타내는 약속일 뿐이다. 그리고 이런 시간 단위들이 생기기 이전에도 시간은 있었다. 그때의 사람들은 그런 시간 단위를 사용할 줄은 몰랐지만 시간이 지나간다는 것은 느끼고 있었고, 지금을 사는 사람들도 그걸 느끼며 산다. 그걸 우리는 세월이라고 한다. 그래서 시간과 세월은 다르다. 그러니까 시간은 약속이고 세월은 느낌이다.

"나이가 들어가면서 가장 빨라지는 게 있습니다. 무엇이겠습니까?"

"……."

어느 모임에 참석했을 때였다. 불쑥 던진 진행자의 질문에 좌중은 조용했다. 모두가 답이 궁금했다.

"그건 1년입니다. 지나고 보면 1년은 살같이 지나갑니다. 그건 나이가 들어갈수록 더 빨리 지나가는 것 같습니다. 그러면 나이가 들어가면서 가장 느려지는 건 무엇이겠습니까?" 역시 답이 궁금했다.

"그건 하루입니다."

나이가 들면서 많은 것을 내려놓고 느리게 사는 삶, 그래서 하루가 지루하게 지나가는 것 같지만 그래도 한 해를 지내고 보면 그건 화살같이 빨리 지나간다는 것이다. 사람에 따라서 그 느낌에 다소 차이는 있지만 모두가 그렇다는 얘기였다. 이처럼 하루, 한 해와 같이 정해진 시간의 길이와 그걸 느끼는 세월의 길이는 다르다. 그래서 우리의 삶에서 갖는 시간의 의미는 크고 깊다.

시간에 대해서 가장 먼저 떠올릴 수 있는 생각은 '시간은 정확하다.'는 것이다. 모래알같이 작은 시간이 모여서 하루가 되고, 또 하루가 모여서 한 달이 되고, 그 한 달이 거듭되면서 한 해가 된다.

시간은 모래알같이 수많은 분, 초의 집합이다. 오래 전의 과거로부터 무한히 먼 미래까지 연속되어 이어진 하나의 과정이다. 그리고 시간을 이루는 분이나 초는 일정한 간격으로 정확하게 지나간다. 아주 정확하다. 그래야 하루가 거듭되고 한 달이 지나도 매(每) 하루는 일정할 것 아닌가. 그건 절대적이어서 누구라도 바꿀 수가 없다. 그래서 이런 시간을 절대시간이라고 부른다.

그러니까 모래알같이 작은 순간이 모여서 오랜 세월을 만든다. 작은 순간들의 모음, 깨알같이 수많은 모래알이 모인 모래사장, 시간의 상징으론 모래가 가장 적절할지도 모른다. 그래서 모래시계가 생겼는지도 모를 일이다.

정동진해수욕장에 있는 모래시계는 1년을 나타낸다. 모래알이 다 흘러내리면 1년이 지난 것이다. 새해가 되면 모래시계는 회전을 하고 다시 1년을 시작한다. 시작과 끝이 순환하면서 시간의 영속성을 상징한다. 이처럼 절대시간은 무한하고, 시간에 단위가 생긴 후로는 정확해졌다.

또한 시간은 가혹하다. 여름에 계곡을 찾을 때면 물줄기는 세월과 같다고 느낄 때가 있다. 물이나 세월이나 모두 끊임없이 흘러가기 때문이다. 우리가 어떻게 해 볼 도리 없이 지나가 버린다. 그래도 물은 못이나 저수지를 만나면 가끔 멈추기도 한다. 그러나 시간은 멈추지를 않는다. 그런 걸 생각하면 전율을 느낄 때도 있다. 이처럼 시간은 멈출 수도 없고 돌이킬 수도 없다. 그래서 가혹하다. 그건 시간의 태생 때부터 그렇게 가혹했다.

옛날 신화의 시대에 세상을 지배한 건 제우스였다. 그러나 제우스 이전엔 그의 아버지인 크로노스가 세상을 지배했다. 이건 크로노스가 시간의 신이기 때문이었다. 이 세상의 모든 것은 생겨났다가는 소멸한다. 이세상의 모든 것은 시간이 지나면 사라지게 되어 있기 때문이다. 세월이 그렇게 만든다. 크로노스의 신화를 보면 그걸 알 수 있다.

크로노스에겐 아주 좋지 못한 버릇이 있었다. 아내인 레아가 자식을 낳으면 낳는 대로 모두 삼켜 버리는 버릇이었다. 크로노스는 이 세상의 모든 것을, 심지어는 자신의 자식까지도 생겨나면 삼켜서라도 반드시 없어지게 만들어야 하기 때문이었다. 이건 탄생과 소멸이 세월 속에 있음을 의미했다. 그는 시간의 신이었고, 세월이 세상을 지배하기 때문이었다. 그러니까 세상을 지배하는 것은 세월이었다. 그리고 그 방법은 시간이었다. 그리고 그것은 멈추게 할 수도 돌이킬 수도 없는 절대시간이다.

지금도 영어단어에 크로노(chrono)라는 접두어가 붙어 있으면 그 단어는 때를 의미한다. 크로노스의 흔적이다. 크로노미터(chronometer)라면 아주 정확한 시계다. 역시 그 흔적이다.

그 후 오랜 시간이 지나면서 사람들은 시간의 지배에서 벗어나기 위해

생각, 붙들다

서 시계를 발명했다. 시계가 있으니까 미래를 볼 수 있을 것도 같고, 예측도 할 수 있을 것 같고, 계획도 세워 보았다. 어느 정도 시간을 통제하면서 효율을 높이는 것도 같았고, 시간의 주인이 될 수 있을 것도 같았다. 그러나 그건 착각이었다. 빠름은 점점 더 빠름을 원했고, 사람들은 시계를 보면서 더 시간에 쫓겨 가게 될 뿐이었다. 시계는 오히려 족쇄였다. 세월은 거스를 수 없는 것이었다. 시간은 그만큼 가혹하다.

그러나 시간은 가혹한 반면에 공평하다. 그건 어느 누구에게나 그렇다. 권력이 있거나, 돈이 많거나 또는 인기가 있다고 해서 그 사람에겐 시간이 느리게 가거나 멈추었다 가는 것이 아니다. 누구에게나 똑같은 속도로 지나간다. 그러나 우리는 종종 시간에도 차이가 있다고 느낀다.

"아름다운 여인의 손을 꼭 잡고 보내는 1분은 너무 짧지만 보기 싫은 사람과 보내는 1분은 매우 깁니다." 이건 시간에 관한 글에서 흔히 볼 수 있는 비유이다. 고개가 끄덕여지는 얘기다.

이처럼 시간은 누구에게나 공평하다. 그러나 그걸 활용하는 사람마다 또 그때의 상황에 따라서 다르다. 그때마다 시간을 길게 느낄 수도 있고 또는 짧게 느낄 수도 있는 것이다.

삶에서 보면 거의 모든 일에서 주는 것은 공평하다. 차이는 받아들이는 데 있다. 모든 문제는 줌이 아니라 받아들임에 있다. 그리고 받아들임은 각자에게 달려 있다. 그건 시간에서도 그렇다. 개인마다 또 그때의 사정에 따라서 시간의 느낌은 다 다르다. 그걸 우리는 상대시간이라고 한다. 따라서 상대시간은 개별적이고 그만큼 다양하다.

제우스에겐 카이로스라는 아들이 있다. 그는 기회의 신이다. 그래서 카이로스의 조각상은 매우 상징적이다. 앞머리는 숱이 무성하다. 기회는 누구나 볼 수 있는 것이 아니기 때문이다. 받아들이는 사람에게만 보인다. 숱이 무성한 이유이다. 또한 잘 잡을 수 있게 하기 위해서도 무성하다. 그리고 그의 뒷머리는 완전한 대머리다. 기회는 지나쳐 버리면 잡을 수 없기 때문이다. 그래서 머리숱이 없다. 그리고 한 손엔 저울을, 다른 한 손엔 칼을 들고 있다. 기회가 있으면 판단을 해야 한다. 그것도 정확하게 저울질하고 재빨리 재단해야 한다. 저울과 칼이 갖고 있는 의미이다. 그리고 그의 양 발뒤꿈치엔 날개가 달려 있다. 기회는 때를 놓치면 날아가 버리기 때문이다. 되돌릴 수 없다. 기회도 시간이기 때문이다. 그 시간은 상대적이다. 삶에서 기회는 공평하다. 차이는 받아들임에 달려 있다.

이처럼 시간에는 두 종류가 있다. 절대시간과 상대시간, 절대시간은 줌이고 상대시간은 받아들임이다.

생각, 붙들다

"열림과 닫힘"

세조(世祖)였다. 어린 조카를 죽이고, 왕의 자리를 빼앗고, 그게 세조였다. 인륜을 거스르고 민심을 저버렸다. 그게 그의 일생을 짓눌렀다. 만년으로 접어들자 몸도 마음도 모든 게 힘들었다. 불심(佛心)에 기댈 수밖에 없었다. 그래서 오대산을 자주 찾았다.

세조는 그날도 오대산을 다녀오는 길이었다. 한강을 따라 내려오던 배가 두물머리를 지나고 있었다. 해는 막 절정의 황혼을 넘었고 어느덧 어둠이 다가오고 있었다. 앞에 놓인 커다란 산에도 어둠이 내리고 있었다. 검게 물드는 산이었다.

이때 들려오는 종소리. 그건 아무래도 그 검은 산 속에서 들려오는 것 같았다. 틀림없이 어둠 속에서 들려오는 종소리였다. 세조의 귀에는 분명 종소리였다. '그 검은 산 어딘가에 무언가가 있다. 그게 무얼까?' 심신이 약해진 그에겐 모든 게 기댈 만한 것이었다.

시종들을 풀었다. 확인해야만 할 일이었다. 그리고 시종들이 찾아낸 건 옛 절터였다. 두물머리가 한눈에 내려다보이는 절터는 커다란 암벽 밑에 자리 잡고 있었다. 그건 바로 그가 기대고 싶은 그것이었다.

그 암벽에는 18나한상이 새겨져 있고, 갈라진 틈으로는 물방울이 스며들어 맺히고 있었다. 맺히는 물방울은 점점 커지다가는 떨어져 내리고, 그러면 바위에 부딪치면서 소리를 낸다. 그건 신기하게도 종소리였다. 세조의 귀에는 분명 종소리로 들렸다. 절터에서 세조를 부르는 종소리였다. 세조에게만 들리는 종소리였다. 물소리였고 또한 종소리였다. 당연히 세조는 그 자리에 절을 세웠다. 수종사(水鍾寺)라 했다. 탑도 세웠다. 은행나무도 심었다. 그 은행나무 두 그루가 그때를 기억하며 지금도 서 있다. 그러니까 수종사는 세조의 절이었다.

어느 봄날, 운길산 수종사를 찾았다. 날은 화창했다. 비온 뒤끝이었다. 공기도 맑았고, 더불어 몸도 훨씬 더 가벼워진 느낌이었다. 길옆으로는 연둣빛 새잎이 봄을 알리고 있었고 산 벚꽃은 스스로 존재를 뽐내고 있었다. 계절은 그렇게 소리 없이 다가와 있었다. 그래서 사람들은 봄이 되면 새로운 계절을 맞아서 자연을 찾는다. 그걸 '봄맞이'라고 부른다. '맞이'란 다른 계절에는 없는 표현이다.

그렇게 산길을 오르다 보면 불이문(不二門)을 지나게 되고 거기서 돌계단을 오르면 바로 경내다. 그런데 불이란 무엇인가? 다른 곳에서도 불이문을 만날 때는 늘 그게 궁금했었다. 둘이 아니라면? 하나라는 뜻인가?

그리고 내가 찾은 그 답은 모든 불이문은 늘 열려 있다는 점에 있었다. 열림과 닫힘은 둘이 아니다. 그건 하나도 아니고 그저 구분일 뿐이다. 문을 닫으면 닫힘이다. 또한 문을 열면 열림이다. 그건 당연하다. 누구나 다 안다. 그런데 우리는 그 문을 닫고만 살 수도 없고 또 열고만 살 수도 없다. 지나다니기 위해선 닫힌 문은 열어야 하고 반대로 무언가를 막고 지키기 위해선 열린 문을 닫아야 한다. 열고나서는 닫아야 하고 또 때가 되면 닫힌 문을 열어야 한다. 그러니까 열고 닫고는 구분해야 할 일이 아니다. 열림과 닫힘은 둘로 구분 지워지는 것이 아니다. 둘이 아니다, 그렇다고 하나로 합해지는 것도 아니다. 그저 문(門)일 뿐이다. 그러니까 열린 마음과 닫힌 마음을 가지고 좋고 나쁨을 가릴 것도 아니다. 때에 따라선 마음을 열어야 할 때도 있고 또 때에 따라선 닫아야 할 때도 있다. 그러나 닫힐 때마다 바로바로 열어 놓자. 아니 그럴 필요도 없다. 아예 늘 열어 놓자. 안 닫으면 된다. 불이문이 그렇게 말하고 있다.

그건 빛에 있어서도 그렇다. 빛이 있음으로 해서 밝음도 있고 어둠도 있다. 그건 밝기에 의한 구분이다. 그러니까 밝음과 어둠은 둘이 아니다. 그렇다고 하나가 되는 것도 아니다. 밝음과 어둠은 본래 실체가 없다. 그들의 실체는 빛이다. 밝음이 좋고 어둠이 나쁜 것이 아니다. 밝음은 활동하기에 편하지만 그렇다고 어둠이 없으면 휴식이 불가능하다.

불이란 그런 것이다. 그러니까 둘 사이에 좋고 나쁨이나 잘남과 못남이 없다. 그건 처음부터 둘이 아니었기 때문이다. 그렇다고 하나도 아니다. 실체는 다른 것에 있다.

그건 삶에서도 그렇다. 나와 남의 구분에서 알 수 있다. 나와 남을 나누면 나와 남과의 비교가 생긴다. 그렇게 되면 남보다 무엇이든 잘되어야 하고 많아야 한다. 그건 인지상정이다. 사람으로선 어찌할 수가 없다. 그때 욕심이 생긴다. 그러니까 나와 남, 이 둘은 구분이고 분별이다. 그리고 구분이나 분별이 욕심을 만든다. 그 둘이 없으면 욕심이 없어진다.

나와 남의 구분이 없으면 된다. 그건 둘이 아닌 것이다. 그렇다고 하나가 되는 것도 아니다. 그저 '나'만 내려놓으면 된다. 그러면 남과의 경계가 없어진다. 그게 불이의 뜻이고 궁극의 목표다.

우리나라 말에는 뜻이 애매한 낱말들이 있다. '우리'라는 낱말도 그중의 하나다. 우리는 내 집, 내 가족을 표현할 때에도 '내 집, 내 가족'이라고 말하지 않고 '우리 집, 우리 가족'이라고 한다. 남들과 얘기할 때도 그렇게 말한다. 그렇다면 내 집이나 내 가족을 남들과 공유한다는 것인가? 그건 아니다. 그래도 그렇게 표현한다. '우리'라는 표현에는 '나'이지만 '나만'이라는 주장을 내려놓았기 때문이다. 이처럼 '우리'라는 표현에는 '나'만이라는 이기(利己)가 지워져 있다. 그건 우리가 처음 말을 배우기 시작할 때부터 그랬다. 나뿐만이 아니라 우리의 부모도, 또 그 부모의 부모도, 또 그 부모의 부모의 부모도 그랬다. 아주 오랜 옛날에도 그랬다. 그건 우리나라 사람들의 정서였다. 그러니까 우리에겐 불이는 천성으로 내재해 있다. 그런데 천성은 감정이다. 마음속에 숨겨져 있다. 그걸 끄집어내는 것은 각자의 몫이다. 그러나 그게 쉽지 않다. 머릿속엔 이성이 있기 때문이다. 이성은 집착을 갖고 있기 때문이다.

그래서 사실 불이를 이루기란 무척 어려운 일이다. 김수환 추기경의 말씀 중에 이런 구절이 있다. "이 세상에서 제일 긴 여행이 무엇인지 아시오? 그건 머리에서 마음으로 가는 여행입니다." 마음(感情)으론 아무리 나를 내려놓고 싶어도 머리(理性)로는 내려놓기 어려운 것이다.

그 불이의 뜻은 여기 수종사 앞마당에서도 볼 수 있다. 탁 트인 앞마당에서 멀리 내려다보면 한강이 흐르고 있고, 거기에 두물머리가 있다. 세조가 종소리를 들었던 곳이다. 거기에서 남한강과 북한강이 만난다. 두물이 만난다. 그래서 두물머리다.

어느 곳에서나 두 물길이 만나면 처음에는 서로 밀어 낸다. 그러면서

생각, 붙들다

도 점점 같이 부둥켜안고 흐른다. 그리고는 서서히 섞여 간다. 물색깔이 서로 다른 두 물길이 만나는 곳에서 보면 그걸 잘 알 수 있다. 처음에는 물색깔이 다른 두 물줄기가 뚜렷하게 구분되어 보이다가 끝내는 두 물이 한 물이 되고 그러면 두 물의 색깔은 하나가 된다. 그건 두 물길이 서로 나를 내려놓았기 때문이다. 처음부터 둘이 아니라는 것을 알았기 때문이다. '나'는 사라졌다. 나는 집착이었다. '우리'가 되었다.

이런 때 실감나는 구절이 있다. '사라지는 것은 참으로 아름답다.' 불이의 뜻이었다.

"소리에 대하여"

대숲에 바람이 불면 대숲소리가 난다.

그런데 바람은 본래 소리가 없다. 대나무 잎도 소리가 없다. 바람이 잎을 떨칠 때 비로소 소리가 난다. 그래서 대숲소리는 대나무와 바람의 만남이다.

두 손이 부딪쳐야 손뼉이 되는 것도 그래서이다. 박수 역시 두 손의 만남이다. 이처럼 소리는 만남이다.

바람은 지나갔어도 대숲은 소리로 남는다.

"솨~아" 아직도 들린다.

그때 우리는 조용히 눈을 감고 있어도 대숲 속에 있음을 안다. 소리는 흔적으로 여운을 남겼고, 그 소리의 여운에 대숲이 보이기 때문이다.

그 대숲은 조용했다. 바람이 불기 전까진 그랬다. 거기에서 홀로 깊은 생각에 빠져 있었다면 그 바람소리는 유난히 새롭다. 그때 깊은 생각에서 깨어나게 되고, 바람을, 그리고 대숲을 느끼게 된다. 사위(四圍)가 그때까지는 침묵이었고 그래서 바람소리는 더욱 새롭다. 대숲소리가 여기에 대숲이 있음을 알려주는 것이다. 그래서 소리는 존재(存在)다.

그리고 그때까지는 사위가 조용했다는 것도 깨닫게 된다. 비로소 그때까지는 침묵이었다는 것을 알게 되는 것이다. 따라서 침묵도 존재

생각, 붙들다

다. 그러니까 소리는 소리에 의해서 존재를 알려주지만 소리의 없음(침묵)도 존재를 드러나게 한다는 것을 알 수 있다.

그리고 존재가 커질수록 소리는 작아진다. 물길을 따라 걸어 보면 그걸 알 수 있다. 강물을 거슬러 상류로 가면 계곡물이다. 그 계곡을 거스르고 거슬러 상류로 갈수록 계곡 물길은 더욱 작아지지만 물소리는 점점 더 커진다. 작은 물줄기는 온몸으로 바위에 부딪치며 소리를 내기 때문이다. 그 물줄기가 모이고 합쳐지면서 큰 물줄기가 되면 물 흐르는 소리는 잦아들다 거의 없어져 간다. 큰 강물에 가 보면 물줄기는 소리 없이 흐르는 것을 볼 수 있다. 작은 존재는 드러내려고 애쓰지만 큰 존재는 드러낼 필요가 없기 때문이다. 이는 수레에서도 마찬가지이다. 빈 수레는 요란하게 굴러가지만 많은 짐을 실은 수레는 조용히 간다. 속이 들어 있음과 비어 있음의 차이다.

차있음과 갖춤은 드러내려고 하지 않기 때문에 소리가 작아진다. 따라서 소리가 없는 것이 가장 큰 존재일 것이다. 그리고 소리 없음은 바로 침묵이다. 따라서 침묵은 가장 큰 존재이다. 소리는 그때만 잠깐 존재를 드러내지만 그 소리가 날 때 이외에는 늘 침묵인 것 아닌가. 침묵은 그만큼 큰 존재이다. 그래서 침묵은 스스로를 드러내지 않는다.

이처럼 소리의 크기는 존재의 크기와 반비례하는 것을 알 수 있다. 소리가 존재의 크기까지 알려주는 것이다.

그런데 소리의 가치는 듣는 사람에게 달려 있다. 이를 지음(知音)이라고 한다. 아무리 아름다운 소리를 들어도 받아들이는 사람이 없다면 그건 존재가 아니라 그저 소리일 뿐이다.

옛날 중국에 백아(伯牙)라는 사람이 있었다. 그는 거문고의 명수였다. 또한 그에겐 종자기라는 친구가 있었다. 그리고 종자기는 백아의 거문고 타는 소리(音)를 잘 이해(知)했다. 그래서 친구가 된 사이였다. 백아가 높은 산을 생각하며 거문고를 타면 종자기는 "아, 높구나! 태산이여."라고 하면서 맞장구를 쳤다. 백아가 넓은 바다를 생각하며 타면 "아, 드넓도다. 바다여."라고 읊었다. 거문고 소리(音)를 이해(知)하는 것이 한마음 같았다. 그때부터 지음(知音)이란 단어는 자기를 잘 이해해 주는 사람이란 뜻이 되었다. 그런 종자기가 죽어 소리를 알아주는 사람이 없게 되자 백아는 거문고 줄을 끊었다. 이를 두고 백아절현(伯牙絶絃)이라 한다. 열자(列子)의 탕문(湯問)편에 있는 이야기다.

그건 말이나 글에서도 그렇다. 아무리 좋은 얘기도 받아들이지 못하면 그저 소리에 지나지 않는다. 최치원의 시에 이런 구절이 있다.

> 바람 이는 가을밤에 나의 노래는
> 아득한 세상길에 듣는 이 없어
> 秋風惟苦吟 世路少知音
> 찬 비 오는 이 한밤에 등잔 돋우며
> 꿈속인 듯 치닫는 그리운 하늘
> 窓外三更雨 燈前萬里心

신라에 돌아온 최치원은 쓸쓸했다. 당나라에선 문명(文名)을 떨치던 그였는데, 그때는 뜻이 컸었는데, 신라에 돌아와 보니 그 큰 뜻을 알아주

생각, 붙들다

는 사람(知音)이 없었다. 벼슬길에 오르기는 했지만 그의 뜻을 펼칠 수가 없었다. 최치원의 큰 뜻은 지음이 아니라 그저 소리로 묻혔다. 그의 소리는 꿈속인 듯 하늘로만 치닫고 있었다. 지음이 없음을 한탄했다. 그래서 세상길이 아득하다고 했다. 위의 시를 짓는 속마음이 그랬다.

따라서 소리는 주고받음 있어야 한다. 소통과 이해다.

그런데 여러 소리가 같이 만나면 아름다운 선율이 된다. 이를 화음(和音)이라고 한다. 그러나 때로는 귀에 거슬리는 시끄러움이 되기도 한다. 이는 불협화음(不協和音)이 되기도 하고 때로는 소음(騷音)이 되기도 하기 때문이다. 화음과 불협화음의 차이는 여러 소리의 어울림에 달려 있다. 그래서 소리는 어울림이다.

악기와 악기가 만나서 어울림(調和)을 이루면 앙상블이 된다. 그러나 잘못 어울리면 불협화음이 된다. 오케스트라는 서로 개성이 다른 연주자들이 모여 스스로를 살리기도 하고 때로는 낮추기도 하면서 조화를 이룬다. 그래야 하모니가 이루어진다.

화음을 이루려면 악기마다 음량의 균형을 이루어야 한다. 어떤 악기의 소리가 너무 크면 다른 악기의 소리가 죽는다. 따라서 조율이 필요하다.

또 악기 사이에는 역할분담이 있어야 한다. 모두가 멜로디만 하거나 또는 모두가 반주만 해서는 앙상블을 이룰 수가 없다. 멜로디와 반주가 적절하게 분담이 이루어져야 한다.

또한 악기 사이에는 서로 다른 악기의 연주에 귀 기울이고 다른 악기의 연주를 인정하고 배려하여야 한다. 그래야 어울림을 이룰 수가 있다. 악기 사이에 연주와 반주의 들고 남이 자연스러워야 하고 그러기 위해선 전적으로 다른 악기에 귀 기울여야 한다.

그래서 좋은 소리는 어울림이어야 한다. 서로의 배려와 조화다.

그러니까 소리는 만남에 의해서 생겨나는 것이고 그때 존재가 드러나는 것이다. 또한 여러 소리는 주고받음(소통)으로 드러나고 서로 어울림으로 완성된다.

우리의 삶도 그렇다. 만남에 의해서 관계가 이루어질 때 존재가 드러나는 것이고, 그때 주고받는 소통이 배려와 조화로 잘 어울릴 때 세상살이에서 관계와 존재가 완성되는 것이다. 그건 우리라는 관계는 만남으로 시작하기 때문이다. 그리고 우리의 삶은 소리 없는 앙상블이기 때문이다.

생각, 붙들다

낙엽을 보면서

가을은 화려하면서 또한 쓸쓸하다.

나무들은 가을로 접어들면 제 나름대로 치장을 하면서 뽐내기 시작한다. 더 없이 화려하다. 한 해의 절정을 이룬다. 그리고는 곧 색이 바래지면서 결국에는 잎을 떨어트린다. 겨울이 다가옴을 알기 때문이다. 이런 낙엽을 보면서 우리는 가는 세월을 느낀다. 그래서 가을은 쓸쓸하다. 그러나 그건 그걸 보는 사람들의 감상(感傷)일 뿐이다.

사실 그건 나무들에게는 생존이 달려 있는 문제이다. 잎을 떨어트리는 것은 나무가 추운 겨울을 나기 위해 더 이상의 에너지 소비를 막기 위한 것이다. 나무들은 그 많은 잎을 버려야만 살아남을 수 있다. 얼어 버린 겨울 땅에선 물을 끌어올릴 수 없기 때문이다. 이때 더 이상 잎을 움켜쥐고 있다가는 잎이고 나무고 모두가 죽게 된다. 나무는 그걸 안다. 그래서 가을이 되고 볕이 약해지기 시작하면 줄기와 잎자루 사이에 떨켜를 만든다. 그 떨켜가 물이 지나가는 것을 막게 되고 결국은 잎은 말라 죽게 된다. 그리곤 잎은 떨어진다. 그래야 이듬해에 새 잎을 틔울 수가 있기 때문이다. 지금 비워야 이듬해 다시 채울 수 있는 것이다. 그러니까 버려지는 것은 잎이지만 그건 바로 미련과 집착을 의미한다. 이걸 버리지 못하면 전체를 잃기 때문이다.

나무는 봄볕 따스해질 때 새 잎을 틔우고 자라기 시작한다. 연록의 숲으로 싱그러움을 만든다. 풋풋하다. 따스하던 봄볕이 어느새 뜨거운 여름 햇살이 되면 무성함이 온 산을 덮는다. 왕성하다. 그러다가 다시 볕살이 기울기 시작하면 가을이 오고, 그때 나무는 온갖 치장을 하면서 사람을 부른다. 화려하다. 그리고 이내 추위가 오고, 모든 걸 내려놓는다. 쓸쓸하다.

나무는 철따라 이렇게 변한다. 그게 나무의 한해살이다. 모두 다른 모습이다. 그렇다면 이런 네 계절의 나무는 같은 나무인가 아니면 다른 나무인가? 모두가 같은 한 나무라면 이걸 한데 아우를 수 있는 나무의 모습은 무엇인가?

이건 사람에게도 마찬가지로 일어나는 변화의 과정이고 같은 질문이 생길 수 있다. 사람들도 태어나고, 어린 시절을 보내고, 이어서 청년이 되고 장년이 된다. 그리고는 늙는다. 그때마다 모습과 처해 있는 상황이 다르다. 과거의 나, 현재의 나, 미래의 나, 모두 다르다. 그러면 나의 실제 모습은 어느 것인가? 다시 말해서 나는 무엇인가?

그래서 옛날 인도의 철학자인 용수(나가르주나)라는 사람은 '나는 없다'고 했다. '현재의 나'가 볼 때 '과거의 나'는 나가 아니다. 그러니까 과거, 현재, 미래를 통틀어서 한마디로 나타낼 수 있는 나는 없다는 뜻일 것이다. 그때그때의 나는 있으나 한데 아우르는 나는 없다는 것이다. 생각해 보니 그건 그랬다. 나의 정체성은 없다. 언제나 그때마다 '현재의 나'만 있을 뿐이다. 죽는 날까지 현재의 나만 있는 것이다. 그건 나무도 그렇다. 네 계절의 나무를 한마디로 나타내는 나무의 정체성은 없다. 네 개의 다른 계절을 매년 반복하는 것이다.

생각, 붙들다

여기서 용수라는 사람은 한마디 더 나아갔다. '나가 없는데 나의 것이란 것이 있을 수 있는가?' 연속하는 내가 있는 게 아니라 현재의 나만 있는 것이라면 내가 물건을 소유할 필요가 있겠는가하는 얘기이다.

사실 그건 그렇다. 필요하면 그때마다 이용을 하면 되는 것이지 굳이 소유하려고 매달릴 필요가 있겠느냐는 거였다. 그때그때 필요한 만큼만 쓰면 된다. 그 이상은 욕심이고 그걸 소유라고 한다. 사전적(辭典的)으로나 법률적(法律的)으로는 내 것이라면 모두 소유라고 하겠으나 사실은 필요한 만큼의 내 것은 이용인 것이고 그 이상의 것을 원하면 소유가 되는 것이다.

생각해 보면 삶은 채우고 비우고의 반복이다. 나무처럼 비울 때가 되면 내려놓고, 또 채울 때가 되면 새싹을 틔우라는 뜻이다. 그때에 맞게 '나'로서 살면 된다는 것이다. 그게 나다. 나의 정체성이다.

비 오는 날 연잎을 본 적이 있는가? 연잎은 빗물을 받는다. 그러다가 어느 정도 차게 되면 쏟아 낸다. 그리고 다시 빗물을 받는다. 그러면서 받기와 쏟아 내기를 반복한다. 받기만 해서는 그 무게를 버텨 내지 못하기 때문이다. 비워야 다시 채울 수 있기 때문이다. 비움은 채움의 준비인 것이다.

나무가 낙엽을 버리는 것, 그건 미련을 버리는 것이고 또한 집착을 버리는 것이다. 그래야 새싹을 틔우고 다시 채우기 시작하게 된다. 낙엽은 버림이지만 또한 채움의 준비이기도 한 것이다. 미래를 알고 미래를 대비하는 것이다. 나무에게 미래는 예측하는 것이 아니라 준비하는 것이다.

그래도 사람들은 비어 있으면 늘 불안하다. 사람의 본성이 그렇다. 쉽게 비우지를 못한다. 그래서 집착을 하고 미련을 갖는다.

그러나 나무는 다르다. 싹이 트고 자라면서 스스로 절정을 이루는 때를 알고 있고 또 그때가 지나면 버려야 한다는 것도 알고 있다. 나무가 떨켜를 만드는 이유이다. 철을 알기 때문이다. 화려한 모습 지나서 비록 바래 가는 모습이지만, 빛바랜 단풍잎은 보란 듯이 내려앉는다. 당당하다. 분수를 알기 때문이다.

그래서 일본의 료칸(良寬)이라는 스님은 죽을 때 이렇게 읊었다.

    뒷모습도 보이고
    앞모습도 보이며
    떨어지는 단풍잎

빛바랜 단풍잎이지만 가릴 것 없고, 거리낄 것 없다는 뜻일 것이다. 그만큼 당당하다. 본인의 죽음을 비유한 것일지도 모른다.

그런데 사람들은 어떤가? 미래를 알지 못할 뿐만 아니라 알아도 대비할 생각을 갖지 않는다. 분수를 모르기 때문이다. 늘 한창이고, 늘 절정인 줄만 알고 있다. 떨켜라는 것을 만들지 못하는 이유이다. 그래서 과거의 집착에서 벗어나지 못하고 미련을 갖는다. 비우지를 못하고 채우려고만 한다. 비우면 불안해지기 때문이다. 그게 경쟁으로 이어지고 다툼을 만들어낸다.

경쟁과 다툼은 부족(不足)을 만든다. 많이 가지고 있어도 부족하다고 느끼기 때문에 경쟁을 해야 하는 것이고, 그래서 늘 부족하다. 부족과 다

생각, 붙들다

툼은 서로 꼬리를 물고 끝없이 진행한다. 그칠 줄을 모른다. 떨켜라는 분수가 없기 때문이다.

옛날 중국에서 있었던 일이다. 한 여인이 현자(賢者)에게 물었다. "우리 집에 솥이 하나 있습니다. 식구 셋이서 떡을 쪄 먹으면 늘 부족합니다. 어느 날은 백 명이 먹어도 남았으니 이 어찌된 일입니까?" 현자는 답을 못하고 우물쭈물할 수밖에 없었다. 이를 본 마당쇠가 거들었다. "다투면 부족하고 사양하면 남는 법인 걸."

이처럼, 다투면 아무리 많이 있어도 부족하다. 그러나 '너 먼저'이면 적게 있어도 남는다. 따라서 떨켜가 없는 사람들은 '너 먼저'라는 마음을 품고 살도록 노력해야 한다. 그래야 비울 수 있고 또 그래야 부족하지 않을 수 있다.

그리고 보면 나무에 있는 떨켜는 보이지도 않는 것, 잘 알지도 못하는 것, 아주 사소한 것에 불과하다. 그게 낙엽을 만든다. 알고 보니 그건 미련과 집착의 버림이었고, 그래서 그건 분수였다. 또 그건 채움의 준비였다. 사소한 것이 중요한 것이었다.

작은 별에서 온 어린 왕자는 지구별 사람들에게 이렇게 말했다.

"중요한 것은 보이질 않아."

(사족) 그렇다고 겨울 산에서 메마른 잎을 달고 있는 나무를 보고 분수를 모른다고 탓하지는 마시길. 참나무과의 어떤 나무들은 잎이 말라 죽은 후에도 봄까지 매달려 있어야 하니까요. 그건 봄에 새로 나올 잎이 얼어 죽을까 봐 덮어 주고 있는 것이랍니다.

빙 점(氷 點)

"그러나 숲속의 눈은 깊었다. 무릎까지 파묻히는 눈길이었다. 한 여인이 그 길을 한 걸음 한 걸음 걸어가고 있었다. 이따금 나무 위에서 소리 없이 눈이 쏟아지기도 했다. 숲을 빠져나오자 강이 나타났다. 천천히 강둑으로 올라서서 한번 뒤를 돌아보았다. 눈길에 걸어온 발자국이 뚜렷했다. 그러나 발자국은 생각과 다르게 찍혀 있었다. 곧게 걸어온 줄 알았는데, 삐뚤빼뚤했다.

강둑을 넘어섰다 그녀의 앞에는 강물이 파랗게 얼어 있었고 강가에는 눈이 하얗게 쌓여 있었다. 아름다웠다. 눈 위에 가만히 누웠다. 그리고 속으로 외쳤다. '제 마음은 얼어 버렸습니다.' 진심으로 힘껏 살아온 그녀의 마음에도 빙점(氷 點)이 있었던 것이다.

이건 미우라 아야꼬의 소설인 『빙점』에 있는 어느 대목을 조금 각색을 해 보았다. 요꼬라는 여인이 스스로 목숨을 끊으려고 가는 장면이다. 어느 날 자신의 아버지가 살인을 저질렀다는 사실을 알게 되었고 그래서 마음이 얼어 버렸다고 했다. 이 소설을 보면 마음도 어는가 보다. 그래서 소설의 제목도 빙점이다. 마음에 어는점이 있다는 뜻이다. 곧게 걸어온 줄 알았는데 그 흔적을 돌아보면 삐뚤빼뚤했다. 본의는 아닌지 몰라도 살아온 게, 그게 삐뚤빼뚤했다. 그래서 마음이 얼었다.

생각, 붙들다

그러니까 살다보면 마음도 언다. 이때 생기는 것이 있다. 증오, 원한, 화, 이런 것들이다. 그런데 마음이 언다면 녹을 수도 있을 것이다. 빙점이 바로 융점(融點)이니까. 이때는 있어야 하는 것이 있다. 용서, 화해, 배려, 이런 것들이다. 빙점과 융점을 나열해 놓고 보니까 집히는 게 있다. 빙점은 나를 기준으로 나타나는 것들이고 융점은 남을 위주로 해서 생각해야 하는 것들이었다. 그래서 소설에서도 요꼬는 아버지의 잘못이 마음에 빙점이 되었지만 그녀는 곧 죽음으로 용서를 구했다. 그녀의 죽음의 값으로 대신 아버지를 용서해 달라고 했다. 상대방에게 융점을 빌었던 것이다.

그러니까 마음의 융점은 상대방을 어떻게 생각하는가에 달려 있었던 것이다. 작가의 삶에서도 그런 점을 느낄 수가 있다. 그래서 이런 소설을 쓸 수 있었는지도 모른다.

이 소설을 쓴 미우라 아야꼬는 초등학교 교사였다. 그러던 중 폐결핵으로 교사를 그만두고 13년 동안 요양을 했다. 병이 완쾌된 후에 작은 구멍가게를 냈고 그게 조금씩 커지더니 얼마 후에는 주위에서 아주 큰 가게가 되었다. 그런 어느 날 어떤 엉뚱한 생각이 스쳤다. "가게가 잘되는 것은 좋지만 우리 때문에 주위에 있는 가게들은 문을 닫게 될지도 몰라." 이런 생각에 영업을 줄였다. 이웃가게에서 파는 물건이라면 아예 안 팔기로 한 것도 있었다. 손님들이 찾는 물건이 없으면 이웃가게를 소개해 주기도 했다. 배려였다. 그녀의 마음에는 융점이 있었다.

이때부터 손님이 줄어들었다. 따라서 그녀에겐 여유시간이 생겼다. 남는 시간을 쪼개서 글을 썼다. 이때 쓴 소설이 '빙점'이었다. 융점이 무엇인지를 아는 사람이니까 빙점이 무엇인지도 알고 있었던 것이다. 그 소설이 1964년 아사히신문의 현상공모에서 최우수작으로 뽑혔다.

그러니까 우리의 마음속에는 빙점이 있다. 우리는 내 탓으로 생긴 일도 견고하게 문을 닫고 남을 탓하고 원망한다. 마음이 얼어 버렸기 때문이다. 그러나 빙점은 다른 한편으론 융점이다. 마음의 문을 열고 남을 받아들일 수도 있는 것이다. 그때 얼어 버렸던 마음이 녹는다. 물론 쉽지 않은 일이다.

사람들은 누구나 잘못을 저지르면서 살아간다. 그게 사소한 잘못이든 큰 잘못이든, 또한 그게 고의이든 무의식적이든 잘못을 저지른다. 잘못 없이 살아갈 수는 없다. 그래야 사람이니까. 또 그래야 인간적이다. 그건 성경의 요한복음 8장을 보면 알 수 있다.

"예수가 많은 백성들과 성전에 있을 때였다. 서기관들과 바리새인들이 음행 중에 잡힌 여자를 세우고 예수에게 말했다. '모세는 율법에 이런 여자는 돌로 쳐라.'라고 하는데 어찌해야 합니까? 이에 예수가 말했다. '너희 중에 죄 없는 자가 있으면 저 여자를 돌로 쳐라' 이 말씀을 듣고 양심에 가책을 느껴 어른으로 시작하여 젊은이까지 하나씩 둘씩 성전을 빠져나갔다. 결국에는 오직 예수와 그 여자만 남게 되었다. 이에 예수께서 이르시되 나도 너를 정죄하지 아니하니 가서 다시는 죄를 범하지 말라 하시니라."

이처럼 잘못 없이 사는 사람은 없다. 상대방은 그 잘못을 원망한다. 모두가 마음에 빙점을 얹고 살 수밖에 없는 것이다. 따라서 우리 모두는 융점이 필요하다. 우리의 삶에는 상대에 대한 이해가 있어야 하고, 그건 배

생각, 붙들다

려, 용서로 이어지게 된다. 견고하게 닫힌 문을 열고 얼은 마음을 녹여야 한다. 삶에 있어서 꼭 필요한 융점의 의미이다.

그건 남에 대한 용서나 배려 이전에 나의 이익을 위해서도 필요하다. 내가 어느 누구에 대하여 화가 났다고 하자. 그 화가 잊힐 때까지 나는 분하고 생각이 복잡하고 스트레스를 받게 된다. 그러나 내가 분해하고 있거나 스트레스를 받고 있는 것을 상대방은 모른다. 그건 그저 나한테만 일어난 일이고 상대방에게는 전혀 영향이 미치지 않는 일이다. 그 스트레스 때문에 내 속은 끓을지언정 상대방의 속이 끓지는 않는다. 그러니까 내 마음이 얼어봐야 내 건강만 해칠 뿐이지 상대방은 그런 사실조차도 모르고 있다. 그래서 내 마음은 더욱 더 분통이 터지고 상대방에 대한 얼음은 더 두꺼워진다. 그러면 그건 증오에 이르게 된다. 따라서 용서나 화해는 상대방을 위해서 하는 것이 아니라 나를 위해서 하는 것이고 그래서 용서나 화해는 나에게 하는 것이다.

그런데 상대방의 잘못이라는 것이 사실은 나의 사소한 오해에서 비롯되는 경우도 허다하다. 아니면 쉽게 양해할 수 있는 일이 꼬여서 그런 사태를 일이키기도 한다. 소설 빙점에서도 발단은 오해였다. 요꼬는 살인자의 딸이 아니었다. 그런데 등장인물들이 살인자의 딸이라고 모두 오해를 하고 있었고, 그 사실로 서로 얽히고설키는 원망과 증오를 키웠다.

일반적으로 사람들은 융점보다는 빙점을 갖고 있다. '사촌이 땅을 사면 배가 아프다.'고 한다. 이건 속담이지만 실제로도 그런 감정을 갖고 산다. 언론에서나 소문으로나 남들이 잘 된 것을 들으면 축하하기 이전에 배가 아파진다. 그래서 헐뜯을 부분을 찾는다. 나와는 아무런 관계가 없는 남일지라도 그렇다. 반대로 남들의 잘못된 얘기를 들으면 속으로 좋아한다. 인간의 속성이 그렇다. 남들이 잘못되기를 바라고 있고, 또 그 잘못은 모두가 남의 탓이다. 그런데 그게 나에게 일어나는 일이라면 오죽하겠는가. 내 탓은 없다. 모두가 남의 탓이다. 융점이 어려운 이유가 여기에 있다.

그런데 화나 원망의 상대방은 우리와 전혀 관계가 없는 사람일 경우는 아주 적다. 대부분의 경우는 우리와 아주 가까운 관계에서 일어난다. 이때 상대방의 잘못은 나의 기대에서 비롯되는 경우가 더 많다. 상대방이 나의 기대만큼 나에게 해 주지 못했을 때 화가 난다. 내가 무리한 얘기를 해도 상대는 들어주어야 한다. 누가 보아도 내가 무리인 경우인데도 나는 안 들어주는 남을 탓한다. 나는 그게 무리가 아니라고 생각한다. 그렇게 기대하고 있다. 그러면서 남을 탓한다. 안 들어준다고.

어떤 경우에는 상대방에게 잘못이 있을 수도 있다. 그런 때는 '그럴 수도 있지. 같이 풀어 보면 돼.' 이러면 될 일이라도 그러지를 못한다. 나와 관계없는 일에서는 남들의 잘못을 쉽게 이해하다가도 나와 가까운 사람들의 잘못에는 쉽게 이해하려고 하질 않는다. '네가 잘못했어.' 그러면서 내가 화가 났던 만큼 그에게 고통을 주어야 한다. 화풀이고 분풀이다. 그건 상처로 남을 수도 있고, 심한 상처는 흉터를 남긴다.

사실 따지고 보면 화나 원망의 대부분은 가까운 주변 사람 사이에서 일어나고, 그건 기대하는 마음에서 생겨난다. 얼기 전에 이해해야 하고, 얼었다면 빨리 녹여야 하는 이유다. 융점의 의미이다. 그래서 이런 마음이 필요하다.

"네가 한 발 멀어지면 내가 한 발 다가가고, 그러면 우리는 멀어질 일이 없다. 또 네가 한 발 다가오면 그때도 나는 한 발 다가간다. 그러면 우리는 만날 수 있다." 이를 보면 살아간다는 것은 어떤 경우에든 내가 한 발 다가가야 하는 것이다.

왜?

'여기에 세 남자가 있습니다. 아버지와 두 아들입니다. 아버지가 두 아들에게 이렇게 얘기를 꺼냈습니다. "내가 안 산 땅 10만 평이 있는데…." 말이 더 이어지기도 전에 두 아들이 동시에 물었습니다. "언제 안산에 땅을 사 두었어요?" 웬 떡이냐 싶어 얘기가 끝나기도 전에 참지 못하고 물었던 거지요. 아버지가 어이없어하면서 대답합니다. "뭐야? 내가 안산에 땅을 사 두었다고? 이놈들아, 안산에 땅을 산 게 아니라 안 산 땅이 있다는 말이야"

이건 어느 날 세간(世間)에서 들은 우스개이다.

여기서 보면 띄어쓰기 하나의 차이가 때에 따라선 아주 큰 차이로 나타난다. 그래서 생각해 보았다. 차이란 무엇인가?

차이는 '다름'이다. 그런데 다름이란 본래 없었다. 예를 하나 들어 보자.

지금 동굴 입구에 꽃 한 송이가 피어 있다. 그러면 이 꽃은 동굴 안에 있는 꽃인가 아니면 동굴 밖에 있는 꽃인가? 둘 다 아니다. 그건 동굴 경계에 있는 꽃이라고 해야 하는 것이다. 그러나 좀 더 생각해 보라. 동굴에 경계가 어디 있는가? 거기에 금이라도 그어 놓았나? 아니면 문지방이라도 만들어 놓았나? 사실 우리 눈에 경계는 보이지 않는다.

그렇다면 안과 밖의 차이가 무엇인가? 그건 경계에 의해서 만들어지

생각, 붙들다

는 것이다. 그 경계(문지방)는 우리가 그어 놨을 뿐이다. 안과 밖은 본래 차이가 없었다. 그러니까 차이는 우리의 생각에서 비롯된 것이다.

위의 우스개에서도 띄어쓰기는 우리가 만들어 놓은 규칙이고 기준이다. 규칙 때문에 차이가 생긴 것이다. 그런 예는 수없이 많다. 밤과 낮을 보면 그걸 보다 더 쉽게 알 수 있다. 낮은 밝음이고 밤은 어둠이다. 그리고 그건 햇빛이 있으면 밝음이고 햇빛이 없으면 어둠이다. 그러니까 밝음이나 어둠은 본래 빛의 서로 다른 두 가지 표현인 것이다. 밝음과 어둠의 근본은 빛 하나였다. 그걸 우리가 다른 것이라고 나누면서 차이를 얘기하고 있는 것이다.

그건 이분법적인 사고로 살기 때문에 생긴 결과라고 할 수 있겠다. 경계를 그어 놓고 보니까 차이가 생긴 거였다.

그러면 경계란 무엇인가?

불교에서는 경계를 구분(분별)이라고 한다. 그래서 그 분별이 차이를 만들고 그러면 차이에 의해서 둘 사이에 비교를 하게 된다. 비교하면 꼭 우열을 따지게 되고 그러면 지지 않으려는 욕심이 생기게 된다. 그리고 욕심은 번뇌를 일으키게 되고 그게 고통이라는 것이다. 그래서 사는 게 고통이라는 것이다.

그런데 사는 데 있어서 사람들의 지지 않으려는 욕심은 어쩔 수 없는 것이다. 혼자 살 수는 없는 것이니까 비교가 이루어지는 것은 늘 당연한 일이다.

위에서도 안산에 땅이 있었다면 두 아들이 치열하게 아부 경쟁을 하였을 것이다. 아버지의 말이 끝나기도 전에 관심을 갖고 되묻는 것을 보면 욕심이 넘치는 사람들인 게 분명하다. 또한 그들은 아부경쟁이 유산이라는 성과를 만들 수 있다는 걸 알고 있다. 그리고 그건 아버지가 두 아들을 비교하는 데에 따라 크게 달라질 수 있다. 그러니까 아부 경쟁은 당연하다. 시켜서 하는 게 아니라 스스로 하게 될 것이다.

그건 일상생활에서도 마찬가지다. 비교해야 실적에 우열이 생기고 그게 지지 않으려는 경쟁을 불러일으키게 되고 그래야 성과가 올라간다. 그래서 살아가면서 경쟁과 성과는 필연인 것이다.

그러니까 차이(優劣)가 삶이라는 고통을 만드는 원인이지만 또한 그게 경쟁을 만들고 성과를 이루려는 노력의 단초가 되기도 한다. 경쟁과 성과는 살아가는 데 있어서 없어선 안 되는 필연인 것이다.

그래서 지금 이 시대를 성과사회라고 한다. 경쟁을 하고, 성과를 내야만 살아남을 수 있다. 그러나 종전의 경쟁과는 다르다. 지금은 '남에게 지지 않으려고'보다 '남보다 더 많은 성과를 내기 위해서' 일을 하고 있다. 경쟁보다는 비교가 더 우선하는 것이다. 누가 '시켜서 하기'보다 시키기 전에 '스스로 먼저' 하는 사회가 되었다. 이기기 위해 '남과 경쟁'하는 것이 아니라 내가 더 많은 성과를 내기 위해 '나를 경영'하는 것이다.

시켜서 할 때는 '해야 한다'였다. 그러나 스스로 먼저 할 때는 '할 수 있다'이다. 상술도 그걸 알고 있다. 나이키의 구호인 'Just Do It'이나 'I Can'을 보면 그런 점을 부추기고 있다는 걸 알 수 있다. 그래서 종전의 '해야 한다.'를 규율사회라고 하고 지금의 '할 수 있다'를 성과사회라고 하는 것이다.

누굴 이기기 위해서가 아니라 내가 더 많은 성과를 내기 위해서 경쟁

생각, 붙들다

을 하는 것이다. 그러다 보면 끝이 보이지 않는 성과를 내기 위해 끝이 보이지 않는 경쟁을 하는 것이다.

그러나 그건 나를 너무 지치게 만든다. 지나치게 되면 병들게 한다. 과유불급(過猶不及)인 것이다.

그러니까 이젠 성과에만 매달릴 수는 없다. 피로에서 회복될 수 있는 생활이 필요해졌다. 회복할 수 없다면 끝없는 경쟁을 감당할 수도 없게 되었다. 그러니까 생활은 두 가지 면을 관리해야 한다. 이중생활이라고 해야 할까? 성과를 위한 생활이 있는가 하면 회복을 위한 생활도 필요해졌다. 그것도 같은 크기로 모두 필요하다.

그런데 회복은 여유에서 생긴다. 그러니까 성과사회에서 사는 방법은 성과를 내기 위한 경쟁의 생활이 있어야 하고 또 그 경쟁과는 반대되는 것인 여유의 생활이 균형을 이루어야 할 것이다.

그러면 여유란 무엇인가? 그건 '느리게 사는 것'과 '길게 사는 것'이 될 것이다. 성과는 '짧은 시간 내에'와 '빨리 빨리'이니까 그 것과 균형을 이루기 위해선 그 반대라는 점에서 찾아보면 그렇다.

우리가 차를 타고 빨리 달려 본 길을 차를 버리고 다시 그 길을 천천히 걸어 보면 그 차이를 알 수 있다. 천천히 걸으면 차를 타고 빨리 갈 때보다 느리고 길게 가게 되지만 보지 못한 것을 보게 되고 또한 그때 얻는 것도 많다.

그러니까 성과를 위해 사는 방식과 반대로 사는 게 여유롭게 사는 것이고 그때 균형을 이룬다는 것이다.

그래서 균형이라는 것을 생각해 보았다.

균형은 대칭이고 그건 대응을 의미한다.

성과는 '어떻게'에서 비롯된다. 어떻게 하면 빨리하고, 어떻게 하면 많이 하고, 그래서 어떻게 해야 이길 수 있는가?이다.

그러면 '어떻게'와 대칭이 되는 것은? 그건 '왜'다. 그렇다면 경쟁의 생활에서 균형을 이룰 수 있는 생활은 '왜'에서 찾아야 하는 것이다.

'어떻게'는 모색이고 방법이라면 '왜'는 질문이고 탐구다.

그러면 육하원칙을 보자. 육하원칙은 6개의 의문사다. 그걸 3개씩 나누어 볼 수 있다. '어떻게' 속(屬)이라 할 수 있는 것(how, when, where)과 '왜' 속(屬)이라고 할 수 있는 것(why, who, what)으로 나누어진다.

그런데 이들을 살펴보면 '어떻게' 속은 사실적이고 구체적이다. 이에 반해 '왜' 속은 구체적일 때도 있지만 인문적이다.

여기서 답을 찾았다. 성과사회의 경쟁은 '어떻게'에서 비롯되는 것이니까 이에 대한 대응은 '왜'이고, 왜는 질문이다. 그것도 인문적 질문인 것이다.

그렇다고 인문적 질문을 어렵게 생각할 건 아니다. 자주 스스로에게 스스로에 대한 질문을 던져 보면 되는 것이다. 지금까지 왜 이 길을 걸어왔는가? 또는 앞으로 어떤 길을 걸어야 하는가? 아니면 나는 누구인가? 등등 스스로에게 질문을 하면서 살아가는 것이다.

그러면 그때 반성을 하기도 하고 때에 따라선 성찰과 터득이 생기기도 한다. 그게 바로 성과사회에서 균형을 이루는 생활이 되는 것이고 그때 '어떻게'로 내달려 온 삶을 되돌아 볼 수 있게 된다.

그러다 보니 조그만 '차이'에서 시작한 얘기가 여러 주제를 거쳐 '왜'까

생각, 붙들다

지 왔다. 왜? 왜는 질문의 시작이지만 또한 요즘의 세상을 사는 답이기
도 하기 때문이다.

"지금 여기"

속세에 미련 없이 살려 했지만

인적 없는 이 골짜기

너무 적막해

봄풀은 저처럼 향기로운 데

어쩔 거나 어쩔 거나

청춘인 것을

化雲心兮思貞淑 洞寂寞兮不見人

瑤草芳兮思芬蒀 將奈何兮是靑春

옛날, 환장하게 화창한 어느 봄날, 그 봄에 겨운 한 여승이 이런 시(詩)를 남겼다. 그리고는 환속했다. 그래서 시의 제목도 「반속요(返俗謠)」다. 속세로 다시 돌아간다는 뜻이다. 신라 신문왕 때 살았던 설요(薛瑤)라는 여승이었다. 15살에 입산했다가 6년 뒤 환속한 여인이다. 봄 향기에 겨워서 어쩌지 못하는 청춘이었다.

설요는 그렇게 속세로 돌아왔다. 어쩌지 못하는 청춘이어서 그랬고, 속세에서 행복을 찾기 위해서 그랬다. 물론 불가(佛家)에 출가했을 때도

생각, 붙들다

행복을 찾아서였을 것이다. 그러나 지금은 속세가 더 행복할 것 같았다. 이렇듯 삶은 보다 더 행복해지려는 시도이다. 누구에게나 그렇다.

설요의 선택도 그런 것이다. 처음에는 속세를 떠나서 살려고 했다. 그게 더 행복할 수 있을 것이라 생각했다. 그러나 그건 행복이 아니었다. 적막이었다. 청춘에겐 견딜 수 없는 적막이었다. 내세(來世)는 차후 문제였고, '지금'의 이 세상 속이 그리웠다. '여기'서 지내는 현실에 행복이 있지 극락은 앞으로 두고 볼 일이란 생각이 들었다. 그래서 그녀는 돌아올 수밖에 없었다. 그녀에겐 '지금 여기' 있는 이 세상이 바로 행복으로 보였다.

'지금'은 시간을 의미한다. '여기'는 공간을 의미한다. 그래서 '지금 여기'는 시간과 공간이 있는 곳, 바로 속세다. 그리고 그 속세엔 숱한 만남이 있다.

그러니까 속세의 생활은 시간, 공간, 만남, 이 세 가지로 이루어져 있다. 그 세 가지에 의해서 일이 만들어지고 그게 사연을 만든다.

그런데 사연을 만드는 시간은 늘 '지금'이다. 지나간 시간도 아니고, 오고 있는 시간도 아니다. 무슨 일이든 일이 일어나는 시간은 지금이다. 지금이 지나면 그땐 이미 과거가 된다. 그래서 그때 일어난 일은 일어나는 일이 아니라 일어났던 일이 된다. 그건 만드는 사연이 아니라 만들어진 사연이 된다. 이렇듯 우리는 늘 '지금' 살고 있는 것이다.

'여기'도 마찬가지다. 어떤 사연이 만들어지는 장소는 꼭 '여기'이다. 지금 내게 만들어지는 그 사연은 이 곳 말고 다른 곳에서는 만들어지지 않는다. 그러니까 우리는 늘 '지금 여기'에서 살아가고 있다.

그리고 그때 우리는 누군가를 만난다. 그러면 사연이 만들어진다. 한 사람과의 만남, 또는 여러 사람과의 만남, 그것도 아니면 자신과의 만남(성찰, 잡념, 휴식 등)을 하고 있다. 지금 여기에서의 그 만남들이 바로 우리가 살아가는 일상이다. 스토리이고 사연이다. 그게 우리의 삶이다.

그런 삶 속에 우리의 행복이 있다. 속세와 다른 세상에서 행복을 찾고자 했으나 그게 아니었다. 속세의 삶 속에서 행복을 찾을 수 있을 것 같았다. 그게 설요의 생각이었다. 그래서 속세로 돌아왔다. 그러니까 행복해지기 위해선 행복해지는 일을 찾아다닐 것이 아니라 지금 여기에서 일어나는 일을 행복해하면 된다. 행복은 쫓는 것이 아니라 받아들이는 것이다. 행복은 어디에 있는 것을 얻는 것이 아니라 지금 여기 있는 것에서 느끼는 것이다.

그런데 우리가 행복을 느끼는 것은 스스로 만족할 때이다. 만족하면 행복해질 수 있기 때문이다.

옛날 중국에서의 일이다. 황하(黃河)에 가을 홍수가 났다. 강물이 범람하여 천지가 물에 잠겼다. 황하의 신(神)인 하백(河伯)이 큰물이 되었다고 기고만장했다. 그러나 황하가 흘러 바다에 이르니 바다는 모든 강물을 받아들이고 있었다. 그만큼 깊고도 넓었다. 바다에서 보면 강물은 그저 강물일 뿐이었다. 하백은 바다의 크기와 깊이에 놀라서 기가 죽었다. 이때 바다의 신(神)인 약(若)이 하백을 달랬다.

"우물 안 개구리에게는 바다이야기를 할 수 없습니다. 우물에만 갇혀 살기 때문입니다. 또한 여름벌레에게는 얼음이야기를 할 수 없습니다. 여름 한 철에만 살기 때문입니다. 그러나 당신은 큰 바다를 보고 비로소 당신이 미미함을 깨우치니 큰 이치를 논할 만합니다."

이 이야기는 장자(莊子)의 추수(秋水)편에 있는 글의 일부다.

여기에서 우물 안 개구리나 여름벌레는 다른 세상을 모르고 사는 어리석음의 상징으로 비유되고 있다. 또한 다른 많은 글에서도 현실에 안주하는 나약함으로 인용되기도 한다. 그러나 그건 우물 안 개구리나 여름벌레가 아닌 우리, 사람들의 눈으로 보아서 그렇다. 그런 점에서 우물 안 개구리나 여름벌레는 억울하다.

우물 안 개구리나 여름벌레는 나름대로 만족해하면서 살고 있다. 그들은 그들이 살고 있는 '지금 여기'에서 행복하다. 그들에겐 그것이면 됐다. 남들의 기준으로는 비록 어리석어보여도 그들 기준으로는 행복하다. 그러니까 '지금 여기'에 만족하는 어리석음이 행복을 만든다.

그러나 그건 어리석음이 아니다. 우물 안 개구리나 여름벌레는 현명하다. 자신들의 생활과는 전혀 동떨어진 세상을 기웃거리지 않기 때문이다. 그건 분수를 앎이다. 숙세(宿世)나 내세(來世)는 모른다. 그러나 현세(現世)는 안다. 그건 지금이고 또한 여기다.

이렇듯 봄풀에 겨운 설요는 환속을 했지만 그게 문제인 것은 아니다. 그저 '지금 여기'에서 행복해질 수 있다면 여기가 이속(離俗)이면 어떻고 세속(世俗)이면 어떤가? 이속에서 도를 깨우친 경허스님의 오도송(悟道頌)을 보면 그렇다.

세속과 청산은 어느 것이 옳으냐.
봄볕 비추는 곳에 꽃 피지 않는 곳이 없구나.

世與靑山何者是 春光無處不開花

봄꽃(幸福)은 어디에나 있다. 세속과 청산(離俗)을 가리는 것은 부질없는 일이다. 그건 서로 다른 삶인 것도 아니다. 이상향이 따로 있는 것도 아니다. 경허스님의 속뜻을 이렇게 풀이해 본다.

또한 '지금 여기'의 의미는 지금은 '앞날의 첫날'이고 여기는 '먼 길의 첫발'이라는 점에 있다. 지금이 지나면 매 순간이 또 다른 지금이 되고, 매일이 또한 그렇게 새로운 매일이 된다. 그리고 여기에서 처음 한 걸음이 어긋나면 나중에는 천 걸음이 어긋난다. '지금 여기'는 그래서 소중하다. 늘 소중하다.

해피카드 있으세요?

우리 동네에 '빚은'이라는 떡 가게가 있다. 이 가게에서 떡을 사고 값을 치를 때의 일이다.

종업원이 묻는다. "해피 포인트 있으세요?"

그래서 이어진 대화는 이랬다.

"많지. 나는 해피하거든."

"그럼 해피카드 주세요."

"해피카드?"

그때 비로소 알았다. 사람들은 행복을 카드에 넣고 다닌다는 것을. 그래서 이런 생각이 떠올랐다. '그런데 행복이 뭐지?'

사실은 행복을 본 적도 없고 만난 적도 없다. 더 큰 의문이 떠올랐다. '행복은 있기나 한 걸까? 있지도 않은 것을 있는 것이라고 믿고 있는 건 아닐까?'

그리스 사람 아리스토텔레스는 이런 말을 했다.

'있는 것을 있지 않다고 말하거나 있지 않은 것을 있다고 말하는 것은 거짓이요, 있는 것을 있다고 말하거나 있지 않은 것을 있지 않다고 말하는 것은 참이다' 그의 『형이상학』이란 책에 있는 구절이다.

'있음을 있음이라고 하면 참이다.' 그게 진리라고 한다. 듣고 보면 너무도 당연한 말이다. 그게 진리라고? 참으로 어처구니가 없기까지 하다.

그러나 아리스토텔레스 같은 사람이 한 말이고 보면 무언가가 있을 것이다. 사실 또한 그랬다. 무언가가 있었다.

우리 동네 '빚은'이란 떡 가게 옆집은 과일 가게다. 거기에는 늘 사과가 있다. 그런데 그 사과는 구체적인 '물건으로서의 사과'이다. 그런데 과일 가게 앞이 아니라도 우리가 사과라는 과일을 생각하게 되면 빨갛고, 달고 신 과일이 떠오른다. 그러니까 우리의 머릿속에는 보편적으로 사과라고 부르는 '형상으로서의 사과'가 따로 있다. 그리고 이런 구분은 어떤 사물에서든 다 할 수 있다. 그때 보편적인 사과 그러니까 형상으로서의 사과를 이데아(Idea)라고 한다. 이건 플라톤의 주장이다.

그런데 아리스토텔레스는 이런 플라톤의 주장을 뒤엎었다. 구체적으로 사과면 사과이지 실체가 아닌 보편적인 사과는 따로 있지도 않다는 것이다. 플라톤의 이데아는 '있지도 않은 것을 있다고' 주장하는 잘못이라는 것이다.

그의 책에 있는 구절인 '있지 않음을 있음이라고 하면 거짓'이란 얘기는 이를 빗대어서 하는 말이었다. 그러니까 이데아 이론은 거짓을 추구하는 잘못이라는 것이다. 아리스토텔레스의 형이상학엔 플라톤의 이론을 거짓으로 내모는 이런 얘기도 숨어 있었던 것이다.

사실 아리스토텔레스는 플라톤의 으뜸가는 제자다. 이렇게 해서 스승의 이론을 뒤엎은 것이다. 청출어람인가? 그렇다고 해서 그 후로 아리스토텔레스가 맞고 플라톤은 틀린다고 하는 사람은 없다. 지금까지도 두 가지 이론은 양립하면서 발전하고 있다.

생각, 붙들다

누구나 다 아는, 그런 어처구니없어 보이는 얘기를 한 사람이 우리나라에도 있었다. 여러 해 전에 성철 스님이 이런 말을 세상에 내놓은 일이 있었다. "산은 산이요 물은 물이다." 이거야말로 실없다고 할 만큼 너무나 당연한 얘기다. 그런데 그 말은 그때는 무슨 뜻 깊은 얘기로 널리 알려지고 인용되기도 했다.

이 말은 성철 스님이 처음 지어 낸 말이 아니다. 옛날 당나라의 스님인 청원(靑原)선사가 한 말을 성철스님이 인용한 것이다. 전해오는 선사의 얘기는 이렇다.

"내가 30년 전 참선하기 전에는 산을 보면 산이었고 물을 보면 물이었다.

그런데 후에 훌륭한 스승을 만나 깨우침에 들고 보니 산을 보아도 산이 아니었고 물을 보아도 물이 아니었다. 그러다가 이제 정말 깨우침을 이루고 보니 전과 같이 산은 그대로 산이었고 물은 그대로 물이었다."

이걸 정리하면 이렇게 된다.

처음에는 산은 산이요 물은 물이었다.

무얼 좀 알게 되니까 산은 산이 아니었고 물은 물이 아니었다.

그러나 깨우치고 보니까 비로소 산은 산이요 물은 물이었다.

성철 스님 얘기의 의미는 세 번째인 '비로소 산은 산이요 물은 물이로다.'의 경지일 것이다.

우리 동네 과일 가게 옆집은 보석 가게이다. 보석 가게에는 혹시 내가 사게 될지도 모르는 금반지가 있다. 그때 보석 가게의 금반지는 금반지로 보인다. 보는 대상이 앞으로 나와 관계(利害)가 있을 수도 있다.

그러나 금반지를 사게 되는 날은 그게 금반지가 아니었다. 보는 대상이 나와 직접 관계(利害)가 생겼다. 그때는 금반지가 금반지로 보이는 것이 아니라 얼마짜리인가 하는 가격으로 보이는 것이다. 나에겐 살면서 깨우친 흥정이란 요령이 있었고, 요령에 따르면 그 금반지는 얼마짜리 물건이었다.

그러나 그 후 시간이 지나고 금반지가 나와 전혀 관계없는 것이 되었을 땐 그저 무심한 하나의 금반지라는 사물일 뿐이었다. 금반지가 다시 금반지가 되었다. 나와는 관계가 없는 하나의 사물에 불과한 것이다. '있는 그대로'인 무심인 것이다.

그러니까 '산은 산이요 물은 물'이라는 말은 산을 산으로 보고 물을 물로 보듯 우리가 보는 대상을 '있는 것' 그대로 보라는 것이다. 이해관계에 따라선 보는 대상을 잘못 보게 될 수도 있다는 것이다.

그렇다고 해서 생활하면서 현실에 무심할 수는 없다. 금반지를 금반지로만 보아야 하는 것은 아니다. 얼마짜리인가로도 보아야 살아 갈 수 있다. 다만 마음가짐에 대한 말씀인 것이다.

떡 가게에서 떡을 사고, 과일가게에서 사과를 사 갖고 돌아오는 길, 원하는 것을 사고 보니 조금은 기분이 좋다. 발걸음도 가볍다. 집에 도착할 때까지 잠깐이지만 왠지 뿌듯한 기분이다. 아마 그게 행복이겠지. 보이지는 않지만.

그건 플라톤의 이데아로서의 행복이 아니라 실제적인 느낌으로의 행복인 것이다. 무심의 경지로서의 행복이 아니라 얼마짜리 물건에서 느끼는 생활 속의 행복이다. 이처럼 행복은 찾아서 만나는 것이 아니라 행복해할 때 스스로 찾아오는 것이다.

행복해할 때 그러니까 행복이 동사일 때는 행복은 '있음'이 되지만, 그저 행복하길 바라면서 쫓아가기만 할 때 그러니까 행복이 명사일 때는 행복은 '있지 않음'인 것이다. 아리스토텔레스의 얘기를 빌리면 그렇다.

그래서 혼자 묻고 혼자 대답해 보았다.
"행복카드 있으세요?"
"물론 있지. 행복 포인트도 많아."

* 해피카드 : 매출에 따라 마일리지를 적립하는 멤버십카드 이름 중의 하나로 적립하는 마일리지의 이름을 해피포인트라고 했다.

"이게 뭐지?"

"이게 뭐지? 나는 정말 죽는 걸까?"

죽음을 앞둔 이반 일리치가 스스로에게 물었다. 지금까지 죽음은 그에겐 남의 일이었다. 그러나 지금 죽음을 앞두고선 죽음을 실감하고 있었다. 그래서 스스로에게 물은 것이다. "이게 뭐지?"라고. 이건 톨스토이의 소설 『이반 일리치의 죽음』이란 소설에 있는 한 구절이다. 그건 이반 일리치의 물음이었고 또한 톨스토이의 물음인 것이다.

그러면 '죽음이란 무엇인가?'

우리는 '무엇'에 대한 답을 찾을 때는 먼저 그 현상부터 본다. 그리고 거기에서 의미를 찾는다. 그러면 죽음의 현상이란 어떤 것인가? 톨스토이는 이렇게 표현했다. "온몸을 쭉 뻗더니 그대로 숨을 거두었다." 이 소설의 마지막 구절이다. 그러니까 죽음의 현상은 '숨을 거두는 것'이다.

철학자들도 '죽음이란 무엇인가'를 현상과 의미로 나누어서 생각했다. 철학자들은 모든 얘기를 현학적으로 표현하기 좋아하는 만큼 이를 두고 죽음의 현상학적 인식과 해석학적 인식이라고 나누어서 불렀다.

죽음의 현상은 '행위를 통한 존재의 종식(끝냄)'이라 했다. 살아서 해온 운동이 정지되었으므로 그 운동을 하고 있었던 존재로서는 끝났다는 뜻이다. 그게 철학자들이 말하는 죽음의 현상학적 인식이다. 어렵게 표현하고 있지만 결국은 '그대로 숨을 거두었다.'의 다른 표현일 뿐이다.

철학자들은 그런 죽음의 현상에서도 어떤 의미를 찾고자 했다. 죽음의 의미를 해석해 보겠다는 것이다. 그러나 죽음의 해석에는 옛날부터 지금까지 많은 사람들이 저마다 서로 다른 시각과 관점으로 논리를 전개해 왔다. 하지만 모두가 제각각이다. 하기야 죽어보지 않은 사람들이 어찌 죽음의 의미를 알겠는가? 그러니까 논리가 제각각인 것은 당연하다.

그래서 공자는 죽음에 대해서는 "미지생 언지사(未知生 焉知死, 살아 있는 지금의 삶에 대해 알지 못하면서 어찌 죽음에 대해 알 수 있겠는 가?)"라고 했다. 이건 제자인 자로(子路)의 '죽음이란 무엇인가'라는 물음에 대한 공자의 답변이다. 죽음을 알기보다 지금의 삶을 열심히 살아야 한다는 뜻이다. 이렇게 에둘러 답을 피했다. 죽음의 의미를 모르겠다는 뜻으로 들린다. 논어의 선진(先進)편에 있는 얘기다.

소위 숱하게 많은 철학자라는 사람들이 그 후로도 죽음에 대한 해석을 끊임없이 이어서 내놨지만 꼭 와 닿는 답은 없다. 앞으로도 당연히 제대로 된 답은 없을 것이다. 그건 철학자의 몫으로 그리고 그들만의 해석으로 남겨 둘 일이다. 모두가 맞고 모두가 틀리는 주장들을 할 테니까.

생물학적 시각에서도 죽음의 현상은 '숨을 거두는 것'이다. 그러나 생물학자들은 죽음을 인간의 삶과 죽음에서 보지 않는다. 생명(生命)이라는 자연현상의 시각으로 본다. 따라서 죽음을 인간의 생사에 국한해서 보는 것이 아니라 생물체의 생명이란 점에서 본다.

모든 생명체에는 공통점이 있다. 그건 생명체는 태어나면 언젠가는 반드시 죽게 된다는 점이다. 이를 생명의 유한성(한계성)이라 한다. 그러나 모든 생명체는 생명의 유한성을 극복하고 있다. 그게 번식이다.

한 생명체의 탄생이란 어느 유전물질(생명체)이 나를 닮은 또 하나의 유전물질(자손)을 만들어 가는 것이다. 그래서 생명이란 복제되면서 계속 이어져 가는 이음의 과정이다. 이는 태초에 생명체가 생겨났을 때부터 지금까지 끊임없이 이루어져 온 일이다. 이를 생명의 영속성(연속성)이라 한다.

따라서 생명은 유한성과 영속성을 함께 갖고 있다. 개체(個體)로는 유한하고 전체로는 영속된다. 쉽게 말하자면 나는 죽어도 종족으로는 계속 날아 남는다는 것이다.

생명의 영속성에 의하면 생명은 아주 먼 옛날에 생긴 하나의 생명체에서 비롯되었다. 세월이 지나면서 진화에 의하여 다양한 종(種)으로 나누어지고 그게 오늘에 이르렀다. 그러니까 지금은 비록 다른 종의 생명체라 해도 이들은 본래 하나의 생명체에서 시작한 동류(同類)이다. 모든 생명체는 하나의 뿌리를 갖고 있다. 이를 생명의 일원성(一元性)이라 한다.

따라서 우리는 모두 분화된 종의 한 개체로서 우연히 태어난 것이다. 미리 특별히 자신이 의도한 대로 태어난 것이 아니다. 이를 생명의 피투성(被投性, 그냥 던져진 존재)이라 한다. 죽음도 그런 것이다. 한 인간의 죽음이란 그저 그런 하나의 사소한 사건이다. 그래서 이반 일리치가 스스로에게 물었을 때 내면의 목소리가 해준 답변도 그랬다. 죽는다는 것은 "그냥 그런 거야. 별다른 이유는 없어."

그런데 여기서 하나의 의문이 든다. 생명체란 생명이 있는 물체란 뜻이다. 그러면 생명이란 무엇인가부터 알아야 한다. 그런데 그게 명확하게 떠오르는 게 없다. 생명이란 '숨 쉰다.'는 것인가? 아니다. 숨을 쉰다는 것은 살아 있다는 뜻이지 생명의 정의라고 할 수는 없다. 그러면 심장 또는 뇌의 활동이란 뜻인가? 그것도 아니다. 그것도 살아 있다는 뜻이다. 이처럼 우리는 생명이 무엇인지를 모른다. 그러면서 생명체에 대해서 얘기를 한다. 그래서 영국의 극작가이기도 한 버나드 쇼는 이런 말을 남겼다.

"아직은 생물학을 과학으로 간주해도 되는지 의심스러울 수 있다. 생물학의 첫 번째 소임은 생체와 사체를 규명하는 것인데, 생리학자들과 생화학자들은 그러한 차이 규명에 실패했기 때문이다. (…) 사실 그 어떤 해부나 분석도 살아 있는 사람에게만 있고 죽은 사람에게는 없는 무언가를 발견하지는 못했다."

그 차이는 숨일까? 숨을 거두는 것, 그건 삶의 정지이지 생명은 아니다.

지질학적인 관점에서 보면 죽음은 생명에 국한된 것이 아니다. 생명을 포함한 자연의 모든 만물은 변화하고 있다. 자연에선 '존재의 종식'이란 없다. 운동이 정지되어 있는 것은 아무 것도 없다. 죽음 뒤에도 시신은 시간이 지나면서 분해되어 흙으로 돌아간다. 그리고 흙은 다른 지표물과 함께 끊임없는 변화를 겪는다.

그러니까 삶과 죽음이라는 변화는 생명체에서만 일어나는 것이 아니다. 모든 사물은 변화를 거치고 있다. 지구 표면도 침식, 운반, 퇴적의 과정을 거치면서, 또 그 과정을 반복하면서 좀처럼 가만히 있질 않는다. 그런 변화는 46억 년 전 지구가 처음 생겨나면서부터 지금까지 멈춘 적이 없다. 그래서 지질학에서는 지구를 다이내믹 바디(Dynamic body)라고 한다. 그러나 그 변화는 너무 서서히 일어나기 때문에 우리가 느낄 수 없는 것이다. 그 변화를 확인하기에는 우리의 수명이 너무 짧다. 그리고 인간의 죽음도 그 변화의 일부이다.

이처럼 죽음은 변화라는 자연현상 중에 아주 미미한 하나의 사건일 뿐이다. 너무나 미미해서 우리에게 죽음이란 언제나 남의 일로 보인다.

그러나 사람에 따라선 죽음에 가까워질수록 죽음을 매우 두렵게 생각하기도 한다. 그래서 안 그런 척 이런 우화(寓話)를 만들었다.

옛날, 죽음을 앞둔 두 노인이 얘기를 나누고 있었다.

"여보게, 죽음이란 아주 좋은 것이라네."

"자네가 그걸 어찌 아는가?"

죽음에 대한 얘기였다. 듣고 있는 사람은 그 이유가 몹시 궁금했다. 죽음을 앞두고 있으니까 더욱 그랬다.

"자네 말일세. 저승에 간 사람 중에 이승으로 돌아온 사람을 본 적 있나?"

"당연히 없지."

"저승이 얼마나 좋으면 한 번 가면 돌아올 생각을 않겠나."

그렇다. 저승에 갔다가 돌아온 사람은 없다. 그만큼 좋다. 그러나 그건 우화일 뿐이다.

어떤 사람들은 죽음을 앞두고 주변을 정리한다고 한다. 또 다른 어떤 사람들은 죽기 전에 해야 할 버킷리스트를 만들기도 한다. 이건 부질없는 호들갑이다. 죽음은 그저 자연현상의 하나일 뿐이다. 미리 무슨 준비가 필요한가?

생각, 붙들다

"이게 뭐지?"

"그냥 그런 거야" 그게 죽음이다.

죽음 이후

내소사 지장암 연못에는
거기에서 싹 트고
거기에서 꽃 피고
거기에서 열매를 맺고
거기에서 숨을 다한 연(蓮)이 있다.

줄곧 살아 왔던 거기에 있다.
살아생전 한해살이 모습 조금씩 바뀌었듯이
지금도, 거기에서, 그대로,
조금씩 모습을 바꾸고 있다.
그러면서 소멸의 길을 간다.
예쁜 단풍잎 몇 장, 솔잎 몇 가닥 떨어지면
등에 업고 같이 그 길을 간다.
보면, 모두가 그 길을 가고 있다.

"시간에 대하여 (2)"

찰리 채플린에게 물었다.

"당신의 영화 중 최고의 작품은 무엇이라고 생각합니까?"

찰리 채플린의 대답은 인상적이었다.

"다음 작품입니다."

이 대화는 가끔 들춰보는 나만의 메모장에서 우연히 찾은 내용이다. 오래 전에 적어 놓은 것이라서 어디에서 인용했다는 기록이 없는 게 아쉽다. 다만 찰리 채플린의 어떤 인터뷰 내용이라는 것은 기억한다.

어쨌든, 찰리 채플린의 대답은 재치가 있었고 그 의미 또한 아주 깊었다. 최고는 항상 미래에 있다는 얘기였다. 그러니까 아직도 최선의 노력을 해야 한다는 뜻일 것이다. 미래는 언제나 '아직'이란 시간이니까 언제나 그렇게 살아야 한다는 뜻일 것이다. 하지만 '지금'이란 시간에서 보면 미래는 보이지도 않고 분명하지도 않다. 미래란 그런 것이다.

생각, 붙들다

이 사진을 찍으면서 한 생각은 이랬다.

보이지 않는

안개 너머로도

길은 끝없이 이어지고,

그 너머에도

알 수 없는 어떤 세상이

틀림없이 있을 것이다.

존재하지만

정의할 수 없는 세상,

그게 미래다.

이처럼 미래는 안개 속이다. 그래서 이렇게 정의해 본다. 미래는 "있어야 할 것 같은, 그리고 꼭 있을 것 같은, 그 무엇이다." 그 무엇을 지금은 알 수 없다. 찰리 채플린은 그걸 '최고를 이루는 과정'이라고 보았다. 그러면 삶은 늘 최선을 다하게 될 것이다. 그러나 미래는 아직 실현되지 않은 시간이다. 바랄뿐이다. 그게 미래다.

미래는 아직 오지 않은 시간이니까 지금 미래를 생각하는 것이 바로 미래는 아니다. 현재에서 미래를 생각하는 것일 뿐이다. 아우구스티누스는 그걸 '현재의 미래'라고 했다. 아우구스티누스는 『고백록』이란 책에서 시간을 이렇게 얘기했다.

"시간에 과거, 현재, 미래, 이렇게 세 가지가 있다는 것은 잘못이다. 현재의 과거, 현재의 현재, 현재의 미래가 있다고 생각해야 한다. 이때 현재의 과거는 기억이고 현재의 현재는 직관이고 현재의 미래는 기대이다."

그러니까 찰리 채플린의 '현재의 미래'(현재에서 생각하는 미래)는 그의 생애 최고의 작품이었다. 그리고 그건 기대였고 또한 다짐이었다.

그 기대를 향해서 매일이라는 시간이 오고 또 지나간다. 그러면 그 매일 매일이 그때마다 현재가 된다. 실제로 누리는 시간, 그게 '현재의 현재'다. 사람에 따라 다르겠지만 그게 최선일 수도 있고 최악일 수도 있다.

찰리 채플린이 그 후 다음 작품을 하게 되었을 때, 그러니까 '현재의 미래'가 '현재의 현재'가 되었을 때, 그는 최선을 다했을 것이다. 그리고 그때는 기대가 아니라 현실적인 판단을 하면서 행동을 했을 것이다.

아우구스티누스는 그래서 현재의 현재를 직관이라고 했다. 직관은 추측이나 상상의 덧붙임 없이 직접적으로 판단하고 행동하는 것을 의미한다. 그러면 그 일에 몰입이 이루어지기 때문이다. 그때 최고의 작품이 나올지는 두고 봐야 하겠지만 최선의 작품은 나올 수 있을 것이다. 그래서 현재의 현재는 늘 중요한 시간이다.

1516년 토머스 모어는 '유토피아(Utopia)'라는 작품을 발표했다. 유토피아는 그리스어 U(좋다)와 Topos(장소)에 어원을 두고 있다. 그래서 이상향(理想鄉)으로 알려져 있다. 그런데 그리스어로 U는 '좋다(eu)'라는 뜻도 되고 '없다(ou)'라는 뜻도 된다. 유토피아는 좋은 곳이기도 하지만 없는 곳이기도 한 것이다. 좋은 곳이지만 실제로는 없는 곳이란 뜻인가?

그렇다면 nowhere이다. 이 단어를 띄어 쓰면 now here가 된다. 유토피아는 이 세상에는 '없는 곳'이지만 하기에 따라서는 '지금 여기'가 유토피아인 것이다. 지금이란 그런 시간이다. '현재의 현재'가 갖고 있는 의미이다.

그러나 시간은 붙잡아 둘 수가 없다. 오고는 간다. 한 번 가면 다시 오는 경우는 없다. 모든 현재는 과거가 되어야 한다. 그래서 우리는 늘 새로운 현재에 몰입해야 하는 것이고, 방금 전의 현재는 곧 지나간 시간이 된다.

　태안의 운여해변 솔섬 앞, 한 사내가 물수제비를 뜨고 있었다. 물 위에 왕관 모양의 물살이 일면, "잘했어."하고 혼자 즐거워하고 있었다. 그러면서 생각해 낸다. 아버지와도 그렇게 지냈고, 할아버지하고도 그렇게 지냈다. 물수제비는 그 집안 대물림 놀이였다. 이곳을 자주 찾아오는 이유도 그 때문이었다. 그때마다 아버지가 기억나기도 하고 아버지와 같이 지내던 생활을 회상하기도 한다.

　그러니까 물수제비나 왕관 물살은 과거의 기억이었고, 회상이었다. 과거의 일들이 현재에 자리 잡게 되는 것이다. 시간이 살아난 것이다. 이것을 보면 과거는 가고 오지 않는 시간이 아니다. 기억이나 회상은 과거를 단절된 시간으로 두질 않는다. 아우구스티누스가 얘기하는 '현재의 과거'인 것이다.

　이처럼 과거는 지나가면 그뿐인 시간도 아니고 잃어버린 시간도 아니다. 아픈 기억은 머리에 흉터로 남아 있고 좋은 기억은 마음에 추억으로

생각, 붙들다

자리 잡고 있다. 거기에서 언제든 '현재의 과거'가 될 때를 기다리고 있다.

임병선 시인은 남편인 신동엽 시인과의 과거를 붙잡고 산다. 「신동엽 생가」라는 시에는 일부 이런 구절이 있다. 그녀가 남편과 같이 살던 집을 다시 구입하고 쓴 시다.

있었던 일을
늘 있는 일로 하고 싶은 마음이
당신과 내가 처음 맺어진
이 자리를 새삼 꾸미는 뜻이라

'있었던 일', 그러니까 과거를 '늘 있는 일로 하고 싶은 마음'으로 간직하고 싶어서 그 집을 샀던 것이고, 그 자리를 '새삼 꾸미는 뜻'이라고 했다. 아름다운 과거는 있었던 일이지만 늘 있는 일로 새기고 싶은 것이다. 그래서 그 시는 이렇게 이어졌다.

우리는 살고 가는 것이 아니라
언제까지나
살며 있는 것이다

어떤 과거는 이처럼 아름다웠다. 그래서 아우구스티누스의 시간의 정의를 다시 생각해 보았다. 그는 시간을 현재의 미래, 현재의 현재, 현재의 과거라고 했다. 그걸 기대, 직관, 기억이라고 했다.

그러나 모든 시간에 걸쳐 겪고 누리는 것은 언제나 그때의 현재이다. 그건 미래의 현재, 현재의 현재, 과거의 현재인 것이다. 언제나 현재가 가장 소중하다. 아름다운 현재는 과거가 되어도 '언제까지나 살며 있는 것'이기 때문이다.

"늙는다는 것은"

나이를 먹는다는 것은 갖고 있던 모든 것을 점점 내려놓는 것이고, 물려주는 것이고, 그러면서 서서히 비워 가는 것이다. 그런데 사람들은 그런 경우를 겪으면서 못내 아쉬워하고 왠지 늙었기 때문에 밀려나고 있다고 생각한다. 그래서 무력감을 느끼기도 하고 심한 경우에는 절망하기도 한다. 그러나 그건 그렇지 않다.

성장과 번식을 다 끝낸 나무는 이제 모든 것을 버리기로 결정한다. 단풍이 드는 시기가 된 것이다. 그때부터 나무는 생애에서 가장 아름답게 불탄다. 생(生)의 절정에 서는 것이다.

이처럼 나무는 생의 마지막에서 가장 아름답게 불타고 절정에 선다. 그리고 나서 생을 버리고 낙엽이 된다. 그런데 그건 나무만 그런 게 아니다. 하루를 끝내고 어둠에게 자리를 물려주는 일몰 또한 그렇다. 해는 낮 동안 빛으로 해서 모든 걸 존재하게 했으며, 그렇게 하는 것이 또한 해가 존재해야 할 이유였다.

그리고 이제 저녁이 되면 밝음이 어둠에게 모든 걸 물려주기로 하면서 하늘이 붉게 타오른다. 하루의 절정을 이룬다. 그게 노을이다. 역시 하루의 마지막을 표현하는 아름다움이다. 그 노을을 황혼(黃昏)이라 부른다.

그건 우리의 삶도 그렇다. 나이가 들면서 모든 것을 비우기로 결정할 때 생의 절정에 선다. 그때 비로소 삶의 이치를 새기게 되기 때문이다. 그걸 터득이라고 한다. 그러면서 삶도 붉게 타오르는 것이다. 그 시기를 인생의 황혼이라 부르는 이유이다. 따라서 황혼은 저무는 때가 아니라 이치를 새기는 때라는 뜻이다.

그러니까 '나이 듦'은 생이 절정을 이루는 때이다. 그때 나무는 단풍을 만들고 해는 노을을 만들고 사람들은 이치를 새긴다.

그러나 모든 일몰이 아름다운 것은 아니다. 어느 날은 흐리고, 또 어느 날은 눈이나 비가 뿌리고, 그런 날은 노을이 안 생긴다. 또한 모든 나무가 아름다운 단풍을 만드는 것도 아니다. 어느 것은 벌레가 먹고, 또 어느 것은 절정이 되기 전에 말라버리는 경우도 허다하다.

그건 사람들도 역시 그렇다. 사람에 따라서는 생의 마지막이 되어도 내려놓지 못하고 붙들고 있으면서 비우지 못하는 경우가 있다. 가진 것이든 남은 생이든 모든 것을 지키려 할 때, 내려놓는 것은 아쉬워진다.

그러나 비우면 지켜야 할 집착도 필요 없게 되고 아쉬워해야 하는 미련도 사라진다. 삶은 자유로워지고 삶이 무엇인지를 알게 된다. 그게 삶의 이치이고, 그걸 깨달으면서 터득을 맞이하는 것이다. 그때 비로소 생은 절정에 선다. 황혼이다.

황혼이라는 것은 다 채워 왔다는 뜻이다. 그만큼 지내온 날이 많다는 것이고 그건 겪은 일이 많다는 것이다.

발리 섬에는 이런 전설이 있다.

'어떤 외딴 산 속 마을에 노인을 제물로 바치는 관습이 있었다. 그렇게 오랜 세월이 지났고, 결국은 노인이 한 사람도 남지 않게 되었다. 따라서 그 관습도 사라졌다. 그러던 어느 날 주민이 다 모일 수 있는 큰 집을 마을에 세우기로 하고 큰 통나무들을 베어 왔다. 그런데 마을에는 통나무의 위아래를 구분할 줄 아는 사람이 한 명도 없었다. 대들보를 거꾸로 세우면 집이 무너질 수도 있다. 그때 어떤 젊은이가 실토를 했다. 그리고 오랫동안 숨겨 놓았던 자기 할아버지를 모시고 나왔다. 그 노인이 통나무의 위아래를 구분하는 법을 알려주었다.'

그 노인은 과거였고 경험이었고 그건 지혜였다. 황혼만이 할 수 있는 역할이었다. 생의 절정을 품고 있었다.

그 전설에 내 나름대로 굳이 뒷이야기를 덧붙이자면 이런 말이 될 것이다. '그러고 나서 그 노인은 말없이 손자가 숨겨 주었던 곳으로 돌아갔다.' 그 노인은 그게 생의 절정인 것을 알기 때문이다. 절정일 때 비워야 하고 돌아가야 하는 것을 알기 때문이다.

황혼의 의미는 내어 줌, 전해 줌, 물려줌, 이같이 온갖 '줌'이어야만 했다. 그 이외의 것은 미련인 것이고 집착이 된다. 그러면 얽매이게 된다. 그 노인은 그걸 알고 있었다.

이렇듯 황혼이라는 것은 다 비워 간다는 뜻도 품고 있다. 다 채웠지만 또한 그때부터 다시 비워 나가야 하는 것이다. 비우지 못하고 있을 때 사람들은 "나이 든 사람들은 과거에 집착한다."는 얘기를 하곤 한다.

사람들은 누구나 거의 모든 시간을 과거를 얘기하면서 산다. 그건 나이를 떠나서 모든 사람들이 다 그렇다. 사람들의 얘깃거리는 거의 모두가 겪어야 할 일보다는 겪은 일에 있기 때문이다. 그건 바로 얼마 전에 있었던 일일 수도 있고 아니면 오래 전에 있었던 일일 수도 있다. 어쨌든 사람들은 과거의 일을 이야기하면서 산다.

그중에서도 나이 든 사람들이 과거를 더 많이 얘기를 한다. 그건 나이 든 사람들은 살아온 날이 많기 때문에, 과거를 많이 간직하고 있기 때문에, 그래서 과거를 더 많이 얘기하는 것일 뿐이다. 그게 나이든 사람들이 과거를 많이 얘기하는 이유이고 과거에 집착한다는 말을 듣는 이유이다. 물론 나이 든 사람들은 더 긴 과거를 가지고 있고 그래서 더 많은 경험으로 채워져 있다. 그러나 이를 내세울 게 아니라 필요로 할 때만 도움으로 물려주어야 한다. 그러면서 물러나는 것이다. 그게 내려놓는 일인 것이고 비움이 되는 것이다.

그러니까 나이 듦이란 비움인 것이다. 그때의 진정한 비움은 육체의 변화를 받아들이고 내면의 변화를 이루는 것이다.

육체의 변화는 표현의 자제로 나타난다. 그러면서 내면의 변화가 일어난다. 나이가 들면 귀가 어두워지고 눈도 어두워진다. 그건 상대방과의 의사소통에서 귀담아듣고 눈여겨보라는 뜻이다. 또 하나의 의사소통 수단인 입은 어떤가? 입에는 두 가지 역할이 있다. 먹는 것과 말하는 것. 그중에서 의사소통은 말하는 것이다. 나이가 들면 말은 느려진다. 머릿속에서 생각이 맴돌 뿐 말이 쉽게 나오질 않는다. 이런 현상은 말을 자제하라는 뜻이다.

그러니까 신체의 변화는 귀담아듣고 눈여겨보고 말은 줄이라는 신호인 것이다. 입은 화(禍)를 부르고, 귀는 화(和)를 만들기 때문이다. 이것은 노화라기보다는 표현을 자제하라고 나타나는 현상인 것이다. 내 생각대로 해야 하고, 내가 직접 해야 하고, 내 것은 꼭 지키고, 내가 더 가

생각, 붙들다

져야 하고를 고집할 일이 아니다. 우선 뒤로 한 발 물러서야 한다. 행동은 젊은 사람에게 맡기고, 가끔 젊은 사람들이 지혜를 원할 때만 나서면 되는 것이다. 그러면 분별이 사라지고 시비가 끊어지고 삶은 평온과 자유를 찾는다. 비움으로 일어나는 변화이다.

그러니까 황혼은 다 채워 왔다는 뜻이고 또한 비워야 할 때라는 뜻이다.

이런 말이 있다. "알면 알수록 모른다고 느끼고, 모르면 모를수록 안다고 느낀다." 무엇이든 깊이 알면 아직 모르는 부분이 보이지만, 설익게 알 때는 다 아는 것 같이 느끼는 것이다. 따라서 깊이 아는 사람들은 물러날 뿐 안다고 나서질 않는다. 나이 든 사람들은, 그중에서도 채움을 이룬 사람들은, 채우면 채울수록 비우며 살아야 하는 것을 알게 된다. 채움이 곧 비움이어야 하는 것을 깨닫는 것이다. 황혼이 되어서 비로소 깨닫는 터득인 것이다.

그러니까 늙어 간다는 것은 절정을 이루는 것이고, 그래서 비우기 시작하는 것이고, 그게 터득인 것이다. 그때 삶은 완성된다.

"세상에서 가장 큰 것"

어느 초등학교에서의 일이다.

어린 아이들로 가득한 교실에서 담임선생님이 물었다.

"세상에서 가장 큰 것이 무엇일까?"

한 어린 소녀가 대답했다.

"우리 아빠요."

최근에 동물원에 다녀 온 한 남자아이가 대답했다.

"코끼리요."

그때 다른 아이가 엉뚱한 대답을 했다.

"내 눈이 세상에서 가장 커요."

그 말을 이해 못하는 아이들은 어리둥절했고 선생님은 당황해서 물었다.

"그게 무슨 뜻이니?"

그 아이의 대답은 놀라웠다.

"내 눈은 아빠를 볼 수 있고, 코끼리도 볼 수 있고, 다른 모든 것도 볼 수 있어요. 내 눈이 세상에서 제일 큰 게 틀림없어요."

지혜는 배움이 아니라 결코 가르칠 수 없는 것을 분명하게 보는 눈이다.

이 글은 '아잔 브라흐마'라는 사람이 쓴 『술 취한 코끼리 길들이기』라는 책에 있는 글이다. 그는 어린 아이의 통찰에다 한 걸음 더 덧붙였다.

생각, 붙들다

'세상에서 가장 큰 것은 당신의 눈이 아니라 당신의 마음'이라고. 나는 여기에서 마음을 생각으로 고쳐 보고 싶다. 마음은 생각에서 비롯되기 때문이다. 생각은 그런 것이다.

우리는 눈으로 세상을 본다. 그러나 이때 볼 수 있는 것은 눈에 보이는 것뿐이다. 눈이라는 일종의 관(管)을 통해서 보기 때문이다. 관견(管見)이라고 할 수 있다. (사전에서 보면 관견에는 '좁은 자기 소견'이란 뜻도 있다)

그러나 생각은 보이지 않는 모든 것에도 가능하다. 그러니까 생각의 대상에는 보이는 것도 있고 보이지 않는 것도 있는 것이다. 그러니까 세상에서 가장 큰 것은 생각이었다.

아주 오랜 옛날, 그리스 이오니아 지방에 탈레스라고 하는 한 사내가 살고 있었다.

"어이쿠."

어느 날 밤, 하늘을 쳐다보며 길을 걷다가 물웅덩이에 빠진 것이다. 그리고 집으로 돌아왔을 때 그는 늙은 하녀로부터 한 소리 듣고 말았다.

"한 치 앞 발밑도 못 보는 주제에 무슨 하늘을 보겠다고 그러는지."

그때 탈레스는 하늘의 별자리를 지켜보면서 걷던 중이었다. 그는 천문을 연구하고 있었다. 한 치 앞, 발 밑은 볼 줄 몰랐지만 먼 하늘에 있는 별자리는 볼 줄 아는 사람이었다. 별자리를 보면서 깊은 생각에 빠져 있었던 것이다.

그런데 탈레스는 천문학자이기도 했지만 철학의 아버지로 더 알려진 인물이다. 서양에선 철학은 탈레스에서 시작되었다고 여기고 있다. 그는 '만물의 근원은 무엇인가.'에 대한 질문을 던졌다. 그리고 그건 물이라고 결론을 지었다. 그 결론이 맞고 틀리고를 떠나서 그는 근원(archē)이라는 것에 대해서 처음으로 생각하기 시작한 사람이었다. 근원을 밝히는 게 철학인 것이고 그래서 그는 철학의 아버지로 불리게 된 것이다.

그러니까 별자리를 보고 생각에 빠지면 천문학자가 되고 만물의 근원에 대해서 생각에 빠지면 철학자가 되는 것이다. 보이는 것에 대한 '생각하기'는 과학이 되었고 보이지 않는 것에 대한 '생각하기'는 인문학이 되었다.

그렇다고 생각하기라는 것이 거창한 학문에서만 필요한 것은 아니다. 사람들은 살아 있는 동안에는 그게 무엇이든지 어떤 생각을 하고 있다. 그게 의식적으로 깊게 몰두하는 생각이든 아니면 무의식적으로 떠오르는 잡념이 되었든, 우리는 끊임없이 생각을 한다. 그리고 온갖 것을 다 생각한다.

이처럼 생각은 크기가 워낙 크기 때문에 생각의 내용도 셀 수 없을 만큼 다양하다. 그래서 '생각하기'에는 나름이란 단어를 덧붙여야 한다. 그리고 나름이란 단어는 나와 다른 것을 인정한다는 의미를 품고 있다. '생각하기 나름'이란 그런 뜻이다.

그래야 내 눈이 세상에서 가장 큰 것이라고 생각한 아이의 통찰이 지혜로 인정받는 것이고, 물이 만물의 근원이라는 철학이 성립하는 것이다.

그런데 우리가 일반적이라고 생각하는 것과는 다른 생각도 무수히 많을 수 있다. 그게 역발상이다.

생각, 붙들다

　이 사진은 프랑스 마르세유에 있는 어떤 구조물이다. 이 사진을 찍으면서 이런 의미를 두어 보았다.

　　　마르세유 구항(舊港) 벨주부두에는
　　　바로 걷는 사람도 있고
　　　거꾸로 걷는 사람도 있다

　　　바로 걷는 사람이 말했다
　　　"너희들 내려와. 떨어지겠어."
　　　거꾸로 걷는 사람이 대답했다
　　　"뒤집어 봐.
　　　너희가 거꾸로 걷고 있는 거야."

생각하기도 그렇다. 다른 생각이라고 해서 '거꾸로'라고 할 게 아니다. 뒤집어 보면 '바로'가 된다. '만물의 근원은 물이다'는 틀린 말인가? 이건 틀린 말이 아니다. 물을 한번 생각해 보면 이렇다. 물은 있다가도 없어진다. 물이 기화하여 수증기가 되면 없어진다. 있음(존재)이 없음(무)이 되었다. 이렇게 보면 물은 존재와 무의 세계다. 얼음이 녹으면 물이 되어 흘러가 없어진다. 역시 있음이 없음으로 바뀌었다.

마찬가지로 수증기가 액화하면 물이 되고 물이 응고하면 얼음이 되었다. 이번에는 없음에서 있음이 되는 것이다. 무에서 존재가 생겨났다. 게다가 생물체는 몸의 대부분이 물로 구성되어 있다. 그리고 물이 없으면 살 수 없다. 누가 만물의 근원이 물이 아니라고 주장할 수 있는가? 그러나 지금은 당연히 물은 만물의 근원이 아니다. 탈레스가 살던 시기에는 그랬을지 몰라도 지금은 아니다. 진리는 늘 새롭게 밝혀지고 그래서 바뀌기 때문이다.

그러니까 생각하기 나름은 나와 다른 생각일 뿐이지 틀린 생각이 아니다. 다른 사람의 생각을 따를 일은 아니지만 존중은 해 줘야 한다. 언젠가는 그게 맞는 얘기라고 수긍해야 할 수도 있기 때문이다.

우리는 늘 생각을 하면서 산다. 그리고 때에 따라선 깊게 생각할 때도 있다. 그건 궁리다. 또 때에 따라선 남들과 다른 생각을 할 때도 있다. 그건 역발상이다.

궁리와 역발상은 창의이다. 이처럼 다른 생각을 존중되어야 하고 그때 서로 발전한다.

그러고 보면 생각이란 무엇이든 가능하다. 정말 크다. 우리에게 생각이 없을 때라고 하면 그건 아마 죽은 이후가 될 것이다.

생각, 붙들다

페르소나

모두라고 확신할 수는 없지만 사람들은 누구나 다 화장을 한다. 그건 다른 사람들이 나를 보기 때문이다. 내가 스스로 내 얼굴을 볼 수는 없다. 내 얼굴을 보는 건 내가 아니라 모두가 다 남이다. 그러니까 남들에게 잘 보이기 위해서 화장을 한다. 그리고 그때가 더 예쁘다. 그런데 생각해 보면 생얼굴을 가리기 위한 것이라면 화장한 얼굴은 가면이다. 물론 가면이 나쁘다는 뜻은 아니다. 보기 좋은 것이라면 당연히 가면이라도 좋다.

페르소나(persona)라는 단어가 있다. 라틴어에서 비롯된 말로 가면이라는 뜻이다. 고대 그리스 로마시대 때 배우들이 연극에서 쓰던 가면을 말한다. 이 가면을 쓰고 배우들이 연기를 했다. 따라서 우리도 화장이 가면이라면 행동으로는 연기를 해야 한다. 실제로도 우리는 그런 삶을 살고 있다.

우리는 행동을 내 마음대로 하고 있는 것 같지만 사실 그건 내 자유의사에 의한 것이 아니다. 옷을 입는 것도 그렇고, 말을 하는 것도 그렇고, 모든 걸 남을 의식하면서 행동한다. 길을 가다 넘어지면 내가 어딜 다쳤나 하는 걱정보다는 누구 본 사람이 없나 부터 살핀다. 남의 눈치를 보면서 사는 것이다. 이처럼 우리는 살아가면서 모든 행동을 남 위주로 한다. 내 의사대로는 없다. 따라서 나는 없다. 그리고 남 위주로, 남에게 보여 주기 위해서 하는 행동이라면 그건 연기다. 따지고 보면 살아가면서 일어나는 모든 일이 연기나 마찬가지다. 누구나가 다 그렇게 남 위주로 살고 있다. 또 누구나 그걸 당연하게 여길 뿐만 아니라 그렇게 살고 있다는 걸 아예 느끼지도 못하면서 살고 있다. 남 위주로 살고 있는 게 무의식적으로 하는 행동이라면 그건 연기가 아니라 본래의 타고난 행동이라고 해야 맞다. (따라서 화장한 얼굴도 그게 가면이 아니라 본래의 얼굴이라고 해야 맞다.)

그래서 정신분석학자인 카를 구스타프 융은 페르소나가 있기 때문에 개인이 남들과 관계를 맺고 적응하며 살아갈 수 있다고 했다. 우리가 사회의 요구에 따라 행동할 수 있게 만드는 게 페르소나라는 것이다. 따라서 페르소나는 가면이 아니라 또 하나의 본성인 것이다.

우리는 행동을 할 때마다 의식하면서 행동하지는 않는다. 그러니까 의식적으로 남을 의식하면서 행동하는 것은 아니다. 은연중에 그렇게 행동을 한다. 내가 어떤 행동을 하기 이전에 우리는 이미 남들의 행동을 보고 있다. 예를 들면 옆집의 아이는 학원을 몇 군데 다니고 있다든가 건너에 사는 친한 녀석은 자동차를 비싼 것으로 바꾸었다든가 하는, 하여튼 마음이 편치 않은 소문을 보고 듣는다. 어느 재벌이나 연예인에 대한 소문은 남의 일로 듣고 흘리지만 주변에 있는 가까운 사람이나 잘 아는 사람에 대한 소문에는 나를 비교하게 된다. 그래서 편치가 않다. 그 생각이 우리 의식 속에 남아 있게 되고 그리고 나도 모르게 거기에 맞춰서 행동을 하려고 한다. 이를 정박효과(anchoring effect) 때문이라고 할 수

생각, 붙들다

있을 것이다. 정박효과란 배가 지금 닻을 내린 곳을 기준으로 정보를 판단하는 것이다. 그러니까 내 주위에 맞추게 되는 것이다. 그리고 그 기준은 실제보다 높게 생각한다는 데 문제가 있는 것이다.

우리의 행동도 그렇다. 지금 듣고 있는 소문을 기준으로 나를 비교하고 거기에 맞추려고 한다. 그러나 그 소문은 과장되어 있다. 내가 그러는 것처럼 남들도 다른 사람에게 잘 보이기 위해서 과장을 한다. 그것도 일종의 화장이라고 할 수 있다. 그건 멋지게 보여야 하고, 조금이라도 극적인 면이 있을수록 좋다. 또 그 소문은 여러 사람을 거치면서 각색이 된다. 이때 과장(誇張)은 더욱 부풀려지게 된다. 그러니까 소문은 거의 다가 거품이다. 이런 부풀려진 소문이 정보라는 이름으로 나에게 전달된다. 그리고 우리는 거기에 맞추어 행동을 한다. 그러면서도 우리는 자유로운 의사결정을 하고 있다고 믿는다.

남으로부터 보고 듣고 이루어지는 행동이 정박효과에 의한다면 나를 기준으로 하는 행동은 조명효과에 의한다고 할 수 있다. 조명효과(spotlight effect)는 나는 조명을 받고 있는 주인공이라고 생각하면서 행동한다는 것이다. 실제로는 남들은 나를 크게 주목하고 있지 않는데도 그렇다. 그래서 화장을 하고 또 연기를 한다. 남들이 나한테 그런 것처럼 나도 남에게 멋지게 보이고 극적이어야 한다. 당연히 과장을 한다. 모든 행동을 그렇게 한다. 남들이 그렇게 믿어 주기를 바라고 또 그걸 확인하고 싶어 한다. 자기가 무슨 주인공인 것처럼. 그러면서 내가 실제로도 그렇다고 착각을 하기도 한다.

그건 사랑하는 사람 사이에도 그렇다. 내가 누구를 사랑한다는 것은 사실은 그 사람으로부터 사랑 받기를 원하고 있는 것이다. 그런데 그 사람의 속마음을 어떻게 알겠는가? 그래서 상대방이 그걸 나타내 주길 바란다. 그걸 못 느낄 때는 외롭다고 한다. 우리가 외로운 까닭은 아무도 나에게 관심을 갖지 않아서가 아니라 바로 내가 사랑하는 그 사람이 나에게 신경을 쓰지 않아서이다. 그때 주인공은 외로운 것이다.

어떤 때는 행복까지도 연기로 한다. 즉 내가 행복해지기 위해서 행복해지려는 것이 아니라 '내가 행복하다.'는 것을 보여 주기 위해서 행복해지려고 할 때가 그렇다.

이처럼 우리는 남에게 보다 좋은 모습을 보여 주기를 원한다. 그러면서 또 남이 보여 주는 것을 본다. 남이 보여 주는 것에 영향을 받으면서 다시 내가 보여 준다. 그걸 반복을 하며 살아간다. 내 주위에 있는 많은 사람들이 그렇게 서로 얽혀 있다. 그게 사회생활이고 나와 남의 관계다. 그러니까 나와 남은 서로 보여 주고 또 서로 엿보는 관계인 것이다. 그때 서로 더 잘 보여 주려고 하는 게 인지상정이다. 그래서 서로 더 잘 보여 주려고 화장을 하고 과장을 한다. 그게 페르소나이고 그에 따라 사회생활이 이루어지는 것이다.

이때 '더 잘 보여 주려는 것'은 욕망을 불러온다. 화장을 하고 과장을 하는 이유다. 그러면서 결국은 모두가 서로 남을 흉내 내려 하거나, 남에게 의존하게 된다. 그렇지만 정작 내가 하고 싶은 것은 무엇인지를 모른다. 무엇이든 열심히 하고 있지만, 정말 내가 원해서 하는 것인지, 주변 사람이 나에게 기대해서 하는 것인지 구분하지 못 한다. 그러면서 남들에게 뒤처지는 것이 아닌가 하고 걱정이 일어난다. 불안하다. 따라서 늘 남들이 원하는 것을 살펴야 한다. 그러면서도 남들에겐 더 잘 살아가고 있다는 것을 보여 주어야 한다.

그렇다면 지금 나는 어디에 서 있는가? 나를 잃고 있는 것은 아닌가? 가끔은 나를, 그리고 진짜 내 생얼굴을 살펴볼 필요가 있지 않을까? 그래서 때로는 페르소나를 벗고 시나리오 대사를 잊어 볼 필요도 있다.

영화배우였던 오드리 헵번에게 어느 날 사진 촬영 할 일이 생겼다. 이제는 노년이 된 그녀에게 사진사가 얼굴 주름을 다듬어 달라고 부탁했다. 이때 그녀는 강하게 한마디 했다.

"안 돼요! 이 주름은 내가 번 것이에요."

오드리 헵번의 말, "안 돼요! 이 주름은 내가 번 것이에요."

그건 진심에서 나온 말이다. 시나리오의 대사가 아니었다.

현재라는 것은

    하늘 맑은 가을날, 물가에 앉아 무심히 흘러가는 물을 역시 무심히 지켜보고 있었다. 그때 예쁜 단풍잎 하나가 떠내려 오고 있었다. 그 단풍잎 위에는 가을 햇살이 얹혀 있었고, 그 햇살에 단풍잎이 더욱 반짝였다. 그건 햇빛이 단풍잎에 얹혀서 물을 따라 흘러가는 모습이었다. 그런데 햇빛이 얹혀 있는 모습은 흘러가면서도 변함이 없었다. 흘러가면서 위치가 바뀌어가는 데도 단풍잎에 얹힌 햇빛은 아까부터의 햇빛 그대로였다. 또 시간이 지나가는데도 단풍잎에 얹힌 햇빛은 바뀌지 않는 하나의 햇빛 그대로였다.

    그래서 궁금해졌다. 저 단풍잎에 얹힌 햇빛은 지금 내려온 햇빛인가 아니면 아까 내려온 햇빛이 아직 그대로 단풍잎 위에 있는 것인가? 물론 계속 햇빛이 쏟아져 내리는 것으로 보아서는 저 햇빛은 지금 내려온 햇빛일 것이다. 아까 내려왔던 햇빛이 단풍잎에 없다면 그 햇빛은 어디로 사라진 것인가?

    이에 대해 과학적으로는 어떤 설명이 가능하겠지만 분명한 것은 아까 내려온 햇빛은 지금 없다는 것이다. 사라진 것이다. 그러니까 매 순간마다 내려온 빛은 소멸했다. 그러고 보면 매 순간마다 시간도 소멸했다. 그리고 그 시간은 과거가 되었다. 미래라는 시간이 현재에 오더니 순식간에 지나가 버렸다. 과거가 된 것이다. 이처럼 현재는 멈추지도 않을뿐 더러 순식간에 사라져 버린다.

그래서 더 궁금해졌다. 현재란 있는 것인가? 아니면 현재라는 시간의 크기가 얼마이기에 그렇게 금세 사라졌는가?

물리학자들은 과거와 미래 사이에 현재라는 시간이 있을 것이라 생각했고 그건 아주 짧은 순간이라고 가정했다. 현재는 순간적으로 과거가 되는 것이라고 생각했으니까. 따라서 가장 짧은 순간(시간의 작은 입자)을 찾아 나섰다. 지금까지의 노력으로는 빛이 가장 짧은 순간이라고 생각했고, 실험 결과 그건 10^{-18}초였다. 또한 막스 플랑크라는 물리학자는 시간으로서의 유효성을 유지할 수 있는 시간을 찾는데 착안을 했고 그 시간은 10^{-43}초라고 주장했다. 그보다 더 짧은 시간은 시간으로서의 유효성이 없다고 했다. 그래서 10^{-43}초를 플랑크 시간(Planck Time)이라 한다.

그래서 또 궁금해지는 게 있다. 라틴어에 카르페 디엠이란 말이 있다. 고대 로마의 시인인 호라티우스의 송가(頌歌)에서 유래한 말이다. 그 송가에는 "현재를 잡아라, 가급적 미래란 말은 최소한만 믿어라. (Carpe diem, quam minimum credula postero)"라는 구절이 있다. 호라티우스는 에피쿠로스학파에 속하였으므로 '오늘을 즐겨라.'로 풀이하기도 한다. 이때의 현재는 아주 짧은 순간이 아니다. 무언가를 할 수 있는 시간을 의미한다.

오늘날에도 사람들은 현재를 그런 의미로 생각한다. '오늘을 소중하게 여겨라.', '유토피아가 따로 없다. 지금 여기가 바로 이상향이다.' 이런 말들에서 오늘이나 지금이라는 단어는 현재라는 의미이고 또 그건 아주 짧은 순간을 지칭하는 것도 아니다.

사실 현재라는 순간의 크기는 정해진 게 없다. 또 그 크기에 대한 정의를 내린다는 것도 의미가 없다. 예를 들어서 아침식사를 한다고 하자. 이때 현재라는 시간은 언제인가? 밥숟가락을 드는 순간인가 아니면 먹고 씹는 시간까지를 다 포함하는 것인가? 아니면 식사시간 시작 때부터 끝날 때까지가 다 포함되는가? 이런 경우 현재에 대한 정의를 내릴 수 있는가? 또 현재라는 시간의 크기를 정하는 게 무슨 의미가 있겠는가? 따라서 현재의 크기는 현재 하고 있는 일에 대하여 그때마다의 경우에 따라 매번 다르게 정해지는 것이라고 해야 할 것이다.

그래서 또 궁금해졌다. 우리는 현재를 느끼면서 사는가? 우리의 생활 속에서 느끼는 현재가 있는가?

우리는 살아가면서 '현재가 지나가고 있다'든가 또는 '아, 과거가 되어 가네.' 하는 것을 느끼지 못하고 산다. 시간이 지나간 한참 후에나 '아 과거에는 이랬지'하고 느끼는 것이다. 그러니까 우리는 현재를 알지 못하면서 살아간다. 따라서 현재와 과거의 경계를 찾는 것도 무의미하고, 생활 속에서 느끼지도 못하는 현재의 크기를 정의할 필요도 없는 것이다.

어쩌면 현재는 아예 없는 것일지도 모른다. 시간은 과거에서 바로 미래로 이어지는 것이고, 그 과거 중 일부를, 그것도 아주 애매한 크기로 현재라고 부르는 것일지도 모른다. 과거, 현재, 미래라는 시간들은 모두 사람들이 만들어낸 개념이기 때문에 더욱 의심이 간다.

생각, 붙들다

그래서 사람들은 이런 착각을 한다. 우리의 삶은 과거의 집합이라고. 그런데 따지고 보면 삶은 현재의 집합이다. 시간은 매 순간마다 소멸하는 조각이었다. 그 조각들은 현재인 것이다. 현재가 곧 과거가 되고 그 과거가 모인 것이 삶이다. 그래서 우리의 삶은 과거의 집합이라고 하지만 삶은 모두 현재에서 이루어진 것이다. 따라서 시간은 일생을 이루는 현재라는 조각의 모음이라는 데 의미가 있는 것이다.

그리고 살면서 이런 착각도 하고 있다. 우리가 사는 동안은 현재로 살고 있다고 생각하고 있다. 그건 의심의 여지없이 당연하다. 그러나 그건 착각이다.

우리는 생각하는 동물이다. 그건 맞다. 그러나 우리가 생각하는 것의 대부분은 현재에 관한 것이 아니다. 생각은 현재에서 하고 있지만 생각하는 대상은 현재가 아니라 과거이거나 미래이다. 그건 기억이나 회상 같은 과거의 일이거나 또는 기대이거나 걱정이라는 미래의 일이다. 게다가 우리가 생각하는 것은 거의 다가 잡념이다. 예를 들어, 책을 보다보면 어느새 잡념을 하고 있다. 이외에도 거의 모든 일을 하면서도 늘 다른 잡념으로 빠져들곤 한다. 그리고 그 잡념은 과거의 일이거나 미래의 일이다. 현재에 대해서 생각하는 시간은 거의 없다. 현재에 대해선 무슨 일이나 사건이 생겨야 비로소 현재의 일에 대해서 생각하게 되고 그때는 집중해서 생각한다. 그렇지 않을 때는 늘 잡념에 빠져 있다. 이처럼 우리는 현재에 살고 있지만 우리의 생각은 대부분이 현재에 있지 않다.

그래서 생각해 보았다. 우리는 현재라는 시간을 의식하지 못하고 산다. 그 사이에도 시간은 매 순간 사라지는 조각인 것이고, 그래서 매 순간은 단절된 시간인 것이다. 또한 그 단절된 조각(입자)으로 이어진 집합이 삶인 것이고, 그런 의미에서 시간은 연속하는 것이다. 따라서 시간은 단절이면서 연속이다. 그리고 연속하는 과거라는 시간들이 실제로 삶을 이룬 건 모두 현재일 때였다. 그러니까 우리의 삶은 현재의 연속인 것이다. 그래서 현재라는 매 순간이 소중한 것이다. 그리고 그 소중함은 너무나 당연해서 잊고 살고 있는 것이다.

가끔 일부러라도 현재의 소중함을 새겨 보는 것은 어떨까? 그게 반성이라는 이름이 되었든, 성찰이라는 이름이 되었든지 간에.

생각, 붙들다

장자(莊子)의 모순

옛날 중국사람 장자(莊周)가 제자들과 어느 숲속을 가다가 가지와 잎이 무성한 큰 나무 밑에서 쉬고 있었다. 그곳에선 한 목수가 좋은 재목감을 찾고 있었지만 이 큰 나무는 거들떠보지도 않았다. 장자가 그 까닭을 물으니까, 그는 "아무짝에도 쓸모없기 때문"이라고 했다. 이에 장자가 말했다. "이 나무는 재목감이 아니라서 천수를 누리는구나."

그날 장자가 산에서 내려와 옛 벗의 집에서 머물게 되었다. 그 벗은 반가워하며 머슴에게 거위를 잡아 요리를 하라고 일렀다.

이에 머슴이 물었다. "한 마리는 잘 울고, 다른 한 마리는 잘 울지 못합니다. 어느 것을 잡을까요?"

주인이 대답했다. "울지 못하는 것을 잡아라."

다음 날 제자들이 장자에게 물었다. "어제 산속의 나무는 쓸모가 없어서 천수를 다할 수 있었고, 지금 이 집 거위는 쓸모가 없어서 죽었습니다. 선생님은 어느 쪽을 택하시렵니까?"

이 글은 장자의 산목(山木)편에 있는 얘기다. 나무는 쓸모가 없어서 살았고 반대로 오리는 쓸모가 없어서 죽었다. 쓸모가 없는 건 같았는데 하나는 그래서 죽었고 다른 하나는 그래서 살았다. 이건 모순이다. 그러나 그건 우리의 시각으로 보니까 모순이 된 것이다. '우리에게 쓸모가 있는가?'를 기준으로 보았기 때문에 모순이라고 생각하게 되는 것이다. 그래서 자연의 세계에서도 이처럼 '쓸모라는 기준이 있을까'하는 생각을 해 보게 된다. 더구나 산목편에서 말하는 쓸모의 기준은 우리가 우리 마음대로 정한 것이어서 더 그렇다.

　자연의 세계에선 모든 게 평등하다. 자연에서의 생존은 주어진 환경에 누가 더 잘 적응하는가와 생존경쟁에서 스스로 어떻게 살아남는가의 문제인 것이다. 그걸 자연의 순리라고 하고, 그 순리에 따라 죽고 산다.
　영월에 있는 궁말못이라는 조그만 저수지를 지나갈 때였다. 백로 한 마리가 물속을 노려보고 있었다. 거기엔 큰 붕어 한 마리가 있었다.
　그 상황에서 백로가 신(神)에게 기원했다. "저 붕어를 꼭 잡게 해 주세요." 신이 대답했다. "알겠다." 그때 붕어도 신에게 기원했다. "저 백로의 공격에서 벗어나게 해 주세요." 역시 신이 대답했다. "알겠다." 그러면 신은 백로와 붕어의 기원을 둘 다 들어줘야 한다. 우리가 알고 있는 신은 세상사 모든 일을 할 수 있다. 그러나 아무리 신이라 해도 이때 신이 할 수 있는 해결책은 없다. 둘 모두에게 한 약속을 지킬 수는 없는 것이다.
　그래서 신은 이런 궤변을 늘어놓았다. '알겠다.'라는 대답은 '알아듣기는 했다.'는 뜻이었다고. 그리고 이 일에서 신은 손을 놓았다. "둘이 알아서 하겠지. 한 놈은 죽을 거야." 이게 자연이다. 결국은 백로와 붕어 사이에서 자연의 순리대로 결말이 날 것이다. 자연은 주어진 상황에 맞게 스스로 조절해 나가고 있기 때문이다. 그게 적응과 경쟁이라는 순리이다. 그리고 이 순리라는 것도 쓸모를 기준으로 하고 있다.
　그러니까 자연 속의 모든 만물은 다 각자의 쓸모를 기준으로 살아간다. 백로가 붕어를 노리는 것은 백로에겐 먹이로서 붕어가 쓸모 있었기 때문이었다. 그건 백로의 쓸모였다. 각자가 자연에서 정하는 쓸모이다.

마찬가지로 인간도 자연의 일부로 자연에서 적응하고 경쟁하면서 살아가고 있다. 자연의 순리에서 인간이 내세우는 삶의 방식이 바로 인간이 정한 쓸모인 것이다. 이것 역시 자연의 순리 중의 하나이다. 따라서 인간에게 오리는 먹이로 쓸모가 있었고 거기에 더하여 오리가 매일 아침에 울어야 하는 게 필요하다면 그것 역시 인간에겐 쓸모인 것이다. 울지 못하는 오리가 죽어야 할 이유였다. 자연의 순리를 깨트리지 않는 쓸모인 것이다. 이처럼 자연의 순리에는 인간으로 주장해야 하는 쓸모도 포함되어 있다.

그러면 장자 산목편의 사례는 무엇을 의미하는가? 그건 모든 일을 '쓸모 있음'만을 기준으로 판단하지 말라는 가르침인 것이다. 큰 나무의 사례처럼 쓸모없음이 좋을 때도 있다는 것이다. 그러니까 상황에 따라 무용(쓸모없음)과 유용(쓸모 있음)을 적절하게 생각하라는 것이다. 그래서 제자들의 질문에 장자는 한쪽만이 맞는다고 할 수가 없었다. 웃을 수밖에 없었다.(莊子 笑曰) 그러면서 장자는 중간에 서겠다고 했다. 무용과 유용의 한쪽에 치우치지 않고 필요에 따라 둘 다 취하겠다는 뜻이다. 그걸 중정(中正)이라 했다. 나무의 '쓸모없음'이나 오리의 '쓸모 있음'이 둘 다 맞는 결정임을 인정한 것이다.

그런데 산목편의 사례가 왜 모순으로 보였을까? 그건 나무의 쓸모는 재목 한 가지라고만 염두에 두고 있었던 게 잘못이었다. 쓸모없는 나무는 재목으로는 쓸모가 없으나 큰 그늘을 만드는 쉼터로서는 쓸모가 있다. 그때 목수가 필요한 것은 재목이었기 때문에 '쓸모없음'으로 살아남았다. 그러나 큰 그늘이 필요한 사람들이었다면 쉼터를 위해서 나무를 보호할 것이다. 이때 이 나무는 큰 그늘로 '쓸모 있음'이 되고 그래서 보호받고 살아남는다. 예나 지금이나 마을 앞 큰 나무들은 이런 쓸모로 마을 사람들의 보호를 받아 왔다. 그러니까 산목편의 이 나무는 처음부터도 쓸모없는 나무가 아니었다. 달리 보면 쓸모가 있는 나무였다. 쓸모가 없다는 일방적인 설정이 잘못된 것이었다.

이처럼 모든 사물은 여러 가지 역할이 있는 것이고 어느 상황에 따라 그 역할이 필요할 수도 있고 아닐 수도 있는 것이다. 그 필요에 따라 쓸모 있음이 되기도 하고 쓸모없음이 되기도 하는 것이다. 그러니까 사물의 쓸모가 있고 없고는 사물에 따라 정해지는 것이 아니고 그때그때의 필요에 따라 쓸모 있고 없고가 결정되는 것이다.

즉 쓸모는 필요가 결정한다. 그러나 필요하지 않은 쓸모도 있을 수 있다. 목수는 재목감이 필요하여 그 큰 나무를 베지 않았다. 만약 목수가 그 큰 나무를 보고 땔감으로라도 써야겠다는 생각이 들었다면 그 나무는 베어졌을 것이다. 땔감이라는 새로운 쓸모가 생긴 것이다. 꼭 필요하지는 않지만 다른 쓸모가 생긴 것이다.

그리고 보면 필요는 욕구에 의해서 생겨난다. 그리고 때에 따라서는 필요 이상의 쓸모도 생겨날 수 있다. 꼭 필요하지 않아도 보면 욕구가 생기는 것이다. 이를 견물생심이라 한다. 그건 다른 생물들과 달리 인간은 저장이라는 것을 알기 때문에 더 그런 욕구를 갖게 된다. 꼭 필요하지 않아도 저장을 해 놓을 수 있기 때문이다. 또한 많이 저장해 놓을수록 대비를 잘한 것이라고 그걸 미덕으로 생각한다. 그래서 욕구가 채워지면 더

생각, 붙들다

큰 욕구를 하게 되고 그럴수록 욕구는 점점 더 커져 간다. 그러면 창고는 자꾸 커져 가야만 한다. 비록 나중에 버리게 되는 경우도 허다하지만, 그 래도 저장하려 든다. 우리는 그걸 과욕 내지는 탐욕이라고 한다.

그러면 욕구와 탐욕의 차이는 무엇인가? 그건 쓸모가 꼭 필요했었는 가에 있다. 필요한 쓸모는 욕구인 것이고 필요 이상의 쓸모는 탐욕이 되 는 것이다. 프랑스의 농부철학자 피에르 라비가 전해 주는 일화의 의미 가 그렇다.

문명사회가 아프리카 어느 부족의 농부들에게 비료를 갖다 주었다. 농부들은 처음 본 비료를 알려 준대로 밭에 뿌렸고, 비료는 전에 없던 풍 작을 이루어 냈다. 농부들은 그 부족의 지혜로운 눈 먼 추장을 찾아가 말 했다.

"우리는 작년보다 두 배나 많은 곡식을 거두었습니다."

추장은 잠시 생각에 잠겨 있다가 농부들에게 이렇게 말했다.

"나의 아이들아. 그건 매우 좋은 일이다. 내년에는 밭의 절반만을 갈 아라."

그들은 사는데 필요한 것이 무엇인지를 알고 있는 사람들이었다. 그 리고 그들은 쓸모 있음은 필요한 만큼인 것을 알고 있었다.

필요한 만큼의 쓸모일 때는 저장이 필요하지 않다. 필요가 지나치면 창고를 채우게 되고, 창고는 채울수록 닫아야 하고 지켜야 한다. 그때 '닫아야 한다.', '지켜야 한다.'라는 새로운 걱정이 생긴다. 그러면 나눌 수 도 없고 비울 수도 없게 된다. 그러나 창고가 비어 있으면 열어 놓을 수 있고, 열면 비울 수 있다. 그때는 지켜야 한다는 걱정에서 벗어난다. 욕 구와 탐욕의 차이가 그렇다.

'다름'의 뜻

우리는 가끔 이런 경험을 한다. 극장같이 밝은 곳에서 어두운 실내로 들어가면 앞이 캄캄해져서 당황하곤 한다. 밝음이 갑자기 어둠으로 변했기 때문이다. 바로 전에 밝음이 있었기 때문에 갑자기 어둠을 만나면 변화를 아주 심하게 느끼는 것이다. 다시 말하면 밝음이 있었기 때문에 어둠을 두드러지게 느끼게 된 것이다.

이런 사례는 많다. 위는 아래에 의해서 의미가 뚜렷해지고, 안은 밖이 있어서 구분이 분명해진다. 이처럼 상반되는 것들은 서로 상대가 있어서 더욱 드러나는 것이다.

또한 이런 경우도 생각해 볼 수 있다. 예를 들어 장미 하면 우리는 장미 꽃을 어느 정도 머리에 떠올린다. 거기에 좀 더 좁혀서 빨간 장미하면 그 의미가 분명해진다. '빨간'과 연관되어 비교되는 흰 장미 또는 검은 장미 등이 있기 때문이다. 비교된다는 것은 차이가 있다는 것이고, 그건 다름 인 것이고 그때 의미가 더 분명해지는 것이다. 다름이 있어야 할 이유다.

그래서 스위스의 언어학자인 소쉬르는 단어의 의미는 그 단어와 연관되어지는 다른 단어들과의 차이에 의해서 드러난다고 했다. 언어는 차이에 의해서 더 분명해지는 것이고 따라서 다름을 인정해야 서로를 인정하게 되고 그때 의사소통이 더 원활해지는 것이다.

생각, 붙들다

그런데 다름은 틀린 것이라는 전제를 무의식 속에 품고 있다는 데 문제가 있다. 우리가 일상생활에서 사용하는 단어들에도 그런 의미가 깔려 있음을 볼 수 있다. 우리는 왼쪽의 반대를 오른쪽 또는 바른 쪽이라고 한다. 오른쪽은 옳다는 뜻을 품고 있고 바른쪽은 바르다는 뜻일 것이다. 이를 거꾸로 생각하면 왼쪽은 옳지 않은 쪽이 되거나 틀린 쪽이 되는 것이다.

그건 대부분의 사람들은 거의 모든 일을 오른손으로 하기 때문이다. 그래서 왼손으로 하는 것을 옳지 않다고 본 것이다. 예전에는 어린 아이들이 왼손으로 밥을 먹거나 하면 잘못된 것이라고 야단치면서 고쳐 주는 일을 종종 보았다. 왼손잡이는 나와 다른 것이었고 그건 옳지 않거나 틀린 것이라고 여겨져 왔기 때문이었다. 다름을 인정하지 않는 것이다. 이에 따라 다름은 차이가 아니라 차별이 되어야 했다. 우리의 의식 속에는 그런 생각이 숨어 있었다.

그런데 생각해 보면 오른손과 왼손, 오른손잡이와 왼손잡이는 그냥 다름일 뿐이다. 어느 손으로 사용하는 게 더 편한가의 문제이지 바르고 틀리고를 가릴 건 아닌 것이다. 그건 그저 다름일 뿐이다. 사람은 땅에 살고 붕어는 물에 산다. 땅에 사는 것은 맞고 물에 사는 건 틀리다고 할 수 있을까? 그렇지는 않다. 물에 사는 동물이 있어야 땅에 사는 동물이 분명히 구분이 되는 것이다.

이처럼 다름이 있어야 서로가 더 드러나는 것이고 비교할 수 있어야 서로를 더 잘 알게 되고, 이해하게 되는 것이다. 나와 같지 않을 때, '아, 그럴 수도 있구나.'하면 다름을 인정하는 것이고, '아냐, 나하고 같아야 돼.'하면 틀림을 주장하게 되는 것이다. 다름과 틀림은 차이를 내가 받아들이냐 아니냐에 달려 있는 것이다. 이때 다름이라고 생각하면 서로 수긍을 하게 되고 틀림이라고 생각하면 논쟁을 하게 된다. 논의가 아닌 논쟁이 되는 것이다. 그게 분란을 만들고 싸움을 만든다.

삶은 시간의 지남에 따른 흐름인 것이고, 그래서 현재가 과거가 되는 것이고, 미래가 현재가 되더니 어느새 또 과거가 되어간다. 또 그걸 반복한다. 그게 바로 세월이다. 그러면서 살아간다. 이때 사람에 따라서는 과거의 관습을 좀 더 지키려 하기도 하고 아니면 한발 먼저 앞서서 관습에서 벗어나려고 한다. 또는 내가 알고 있는 것을 지키려 하기도 하고 아니면 낯선 것, 새로운 것은 받아들이려고도 한다. 이를 보수와 진보라고 부른다. 그러나 그것은 보수와 진보라는 이념으로 나누기보다는 (과거로 향한) 관성과 (미래로 향한) 비약이라는 두 가지 현상으로 보아야 하는 것이다. 그리고 그건 사람들 각자의 개인적 성향으로 나타나는 것이다.

더 나아가 여기에는 개인적 성향의 정도에 따라서 여러 가지의 많은 다름이 있다. 그 많은 다름은 정도의 크기로 비교가 될 수 있는 것이고 그러면서 다름의 내용이 서로 더욱 드러나게 되는 것이다. 그리고 그 다름을 서로 받아들이면서 이해할 때 올바른 의사소통이 이루어지는 것이다. 그러니까 다름이 다양할수록 소통이 더 충분해질 수 있는 것이고 그래야 더 좋은 합의가 이루어질 수 있는 것이다. 그게 다름을 인정해야 하는 이유다. 그때 다름을 받아들이지 못하면 우열을 가르려고 하고, 이기려고 한다. 그게 논쟁이 되고 종종 논쟁이 싸움으로 커진다.

그런데 나와 다르다고 해도 그걸 '다름'으로 인정해야 할 또 하나의 이

생각, 붙들다

유가 있다. 논의든 논쟁이든 내가 이겼다고 해도 언제나 맞는 게 아니기 때문이다. 그건 그저 지금 합의가 이루어진 여러 다름 중의 하나인 것이다. 이 세상엔 100%인 진리는 없기 때문이다.

예를 들면 고대에는 천동설이 맞는 주장이었다. 그땐 그게 모든 사람들이 믿고 있던 진리였다. 그 후 코페르니쿠스나 갈릴레이는 지동설을 주장했다. 그러나 그때도 지동설은 진리가 되지 못했다. 많은 사람들이 천동설을 믿었기 때문이었다. 그저 작은 다름에 지나지 않았다. 갈릴레이는 죽음을 면하면서 "그래도 지구는 돈다."라고 자조했을 뿐이었다.

그리고 한참 후가 되어서야 '말도 안 되는 다름'이었던 지동설이 진리가 되었다. 이처럼 진리는 바뀐다. 100% 진리는 없다. 앞으로 지동설도 진리가 아니라는 날이 올지도 모른다. 따라서 '다름'은 그 다르다는 이유만으로도 존중되어야 하는 것이다. 나와 다르다는 생각, 바로 그 생각이 오히려 맞는 생각일 수도 있다.

또한 나와 다르다는 생각을 받아들이고 이해할 때 그건 다 나의 지식으로 쌓여 가게 된다, 나와 다름은 많으면 많을수록 좋다.

사실 세상에 같음이란 없다.

정일근이라는 시인이 어머니와 신문지를 펴놓고 밥을 먹고 있었다. 그리고 「신문지 밥상」이라는 시를 썼다. 그 일부는 이렇다.

더러 신문지 깔고 밥 먹을 때가 있는데요

어머니, 우리 어머니 꼭 밥상 펴라 말씀하시는데요

저는 신문지가 무슨 밥상이냐며 궁시렁 궁시렁하는데요

신문질 신문지로 깔면 신문지 깔고 밥 먹고요

신문질 밥상으로 펴면 밥상 차려 밥 먹는다고요

두 사람이 같이 신문지를 깔고 밥을 먹어도 이처럼 생각은 서로 다를 수 있다. 신문지를 깔고 밥을 먹는다고 생각할 수도 있는가 하면 신문지를 밥상으로 펴고 밥을 먹는 것이라고 생각할 수 있기 때문이다.

코끼리만지기도 그렇다. 누구는 코끼리가 기둥 같다고 하기도 하고, 누구는 긴 관이라고 한다. 또한 귀를 만진 사람 다르고 꼬리를 만진 사람 다르다. 다 다르다. 그러면 여러 사람들이 기둥 같다고 했을 때 그 사람들은 같음이었을까? 더 구체적인 표현으로 나눌 수가 없어서 '기둥 같다'는 같은 표현을 했지만 실제로 생각은 각자 조금씩 다르다. 같음으로 분류하였지만 조금씩은 다름인 것이다. 100% 같음은 없다.

이 세상에 나와 같음이란 처음부터 없었다. 그리고 나와 다름이 있어서 내가 뚜렷하게 드러난다. 그렇다고 내 생각이 꼭 맞는 건 아니다. 세상엔 100% 맞는 진리는 없으니까. 나는 특별할 것도 없고 우월할 것도 없는, 많은 다름 중의 하나다. 그러니까 '다름'을 받아들이고 존중해 주면 되는 것이다. 그래야 나도 남들에게 받아들여지고 존중받게 된다.

사람 사이

"맞아. 그때 그 사람과 그런 일이 있었지."

이처럼 지난날을 회상하면 떠오르는 것에는 '그때'가 있고, '어떤 사람'이 있고, 그러면 그 사람과의 '어떤 일'이 있었다. 그 어떤 일의 연속이 내가 살아온 과거였다. 그러니까 삶이란 '그때'라는 시간에 '그 사람'이라는 상대방과 나와의 사이에 '생긴 일'들의 연속이었다.

'그때'라는 시간을 우리는 세월이라고 부른다. 그건 막을 수도 없는 것, 빨리할 수도 늦출 수도 없는 것, 우리가 어찌할 수 없는 것이다. 그렇다면 삶의 변수는 '그때'가 아닌 '그 사람'에게 달려 있는 것이다. 삶을 이루는 어떤 일이란 결국 나와 그 사람 사이에서 일어난 일들인 것이다. 그래서 사람의 한자어는 인(人)이라고 하질 않고 인간(人間)이라고 한다. 삶에서 사람의 의미는 사람(人)이 아니라 사람 사이(人間)인 것이다. 따라서 사람은 '혼자'가 아니라 언제나 누군가와 '함께'이어야 하는 것이고 그래야 삶이라는 어떤 일이 이루어지게 되는 것이다. 이런 '사람 사이'를 우리는 관계라고 부른다. 그리고 그 관계가 바로 삶인 것이다.

그러면 그때 '그 사람'은 누구인가? 그건 바로 '너'다.

우리에게 어떤 일이 일어날 때 관계가 맺어지는 것은 막연한 3인칭인 그들이 아니라 그 어떤 일에 특정되는 사람인 2인칭 너인 것이다.

실존주의 철학자인 가브리엘 마르셀은 3인칭인 그들은 "나에게는 현존(現存)이 아니라 부재(不在)다."라고 했다. 이 말을 내 나름대로 풀이하자면 이런 얘기일 것이다. '그들'일 때는 아직 나와는 아무런 관계가 없는 사람들이었고 그래서 그건 나에게는 없는 것이나 마찬가지인 부재였고, 무슨 일로 나와 관계를 맺게 될 때 비로소 관계의 상대방인 '너'가 된다는 것이다. 그때 비로소 나에게 현존하는 '너'가 되는 것이다.

우리의 일생은 이런 너와의 일(사건)들로 이루어져 있다. 물론 이때 너는 한 사람이 아니다. 살면서 일어나는 모든 일에 있는 각각의 상대방인 '너'들인 것이다.

그러면 너와 그들의 차이는 무엇인가? 사실은 아무 차이가 없다. '너'도 너가 되기 이전에는 '그들' 중 하나였다. 2인칭인 너는 3인칭인 그들에서 비롯되었다. 처음에는 모두 그들이었다. 그러다가 우연이었든 아니면 필연이었든 어떤 계기로 나와 관계가 이루어지면서 상대방인 '너'가 되었다. 따라서 그들이 없이는 너도 없다. 그래서 3인칭인 그들은 부재가 아니라 너의 전제다.

어쨌든 관계가 이루어지면 '너'는 특정된다. 그리고 관계를 이루게 되면 너는 남과는 별다르게 대해야 하는 대상이 된다. 남들과는 다르다는 감정이 저절로 생기게 된다. 관계를 인연이라고 생각하기 때문이다. 옷깃을 스쳐도 인연이라고 하니까 그건 인연은 틀림없는 인연인 것이다.

그런데 인연에는 가까운 관계를 만드는 인연도 있고 그저 그런 관계에 지나지 않는 인연도 있다. 살다 보면 어떤 거래로 생기는 관계도 있고 또는 사소한 일에 지나지 않는 관계도 있을 수 있다. 심지어는 경쟁의 관계

생각, 붙들다

도 있게 된다. 이런 인연은 나의 주변이라는 울타리 밖의 관계이다. 외적 관계라고 할 수 있다.

그러나 생활에선 나의 주위에 어떤 울타리가 정해질 때가 있다. 가족, 학교, 직장 등이 그런 울타리다. 그리고 그 울타리를 공유하는 사람들이 있고 그 사람들과의 관계가 있다. 내적 관계이다. 그때 울타리를 공유하는 관계에선 '우리'라는 표현을 한다. (우리라는 단어는 '울타리'라는 뜻에서 유래하지 않았을까 싶다.) 실재하는 장소라기보다는 마음으로 공유하는 장소로서의 울타리인 우리다. 그래서 그런지 몰라도 우리라고 하면 아주 각별한 감정을 갖는다. 그건 그들이 아닌 나와 너의 관계에서 느끼는 각별함이다.

그러나 우리라는 관계는 각별한 만큼 어렵게 대하여야 한다. 각별함에는 화(怒)라는 위험을 품고 있기 때문이다. 그리고 화(怒)는 또한 화(禍)를 만들기 때문이다.

각별함에는 기대 내지는 정(情)이 포함되어 있다. 거기에서 화(怒)가 생긴다. 화는 나의 기대에 못 미쳤을 때 아니면 '나'가 생각하는 만큼 '너'가 안 해 주었을 때 일어난다. 그러니까 화는 기대와 정에서 비롯된 것이다. 따라서 관계는 '나'가 '너'에 대하여 배려할 줄 알아야 하는 것이고, 또한 '너'를 있는 그대로의 '너'로 받아들여야 하는 것이다. '나'가 생각하는 '너'가 아니라 있는 그대로의 '너' 말이다. 그러니까 관계는 나를 내려놓음과 너를 받아들임에 의하여 유지될 수 있는 것이다.

나를 내려놓음과 너를 받아들임, 그렇다. 지금까지는 관계가 잘못 설정되었다. 관계란 나를 기준으로 해서 그들 중의 하나인 너와 맺어지는 것으로 알았다. 그건 '나와 너'의 관계다. 그런데 그게 아니었다. 관계는 '너와 나'의 관계이어야 했다.

평소에는 나라는 1인칭은 존재하지 않는다. 그냥 규정되어지지 않는 한 사람일 뿐이다. 그러나 살아가면서 여러 가지 일이 생기고 그게 삶을 이루고 일생이 된다. 그때마다 '너'라는 2인칭 상대방이 생기고 관계가 이루어지면서 비로소 '나'도 존재하게 되는 것이다. 그러니까 '너'가 있을 때 비로소 '나'도 생긴다. 너와 나의 관계인 것이다. 우리는 이런 점을 깨닫지 못하고 나를 전제로 하여 너를 대해 왔다. 그게 바로 관계의 어려움이었고 화를 만들었다.

가령 내가 누군가를 사랑한다고 생각해 보자. 과연 내가 그를 사랑하고 있는가? 곰곰이 생각해 보니 그게 아니었다. 사실은 그로부터 사랑받기를 원하고 있었던 것이다.

'나와 너의 관계가 아닌 너와 나의 관계' 그리고 '나를 내려놓음과 너를 받아들임', 이 두 가지가 관계의 첫 걸음인 것이다.

그렇다면 과연 나라는 1인칭은 존재하지 않는가? 너가 있을 때만 비로소 나가 생기는가? 아니다. 나라는 존재가 너 없이 나로서 존재할 때가 있다. 관계를 내려놓을 때다. 우리는 너무 많은 관계 속에 살면서 그 관계에 치여 살고 있다. 그리고 관계 속에 있을 때는 관계에서 벗어날 수가 없다. 그래서 나라는 존재는 보이질 않았다.

그러면 관계가 삶을 만드는 것이니까 잠깐 삶을 내려놓아 보자. 그건 쉽다. 관계에서 떠나서, 그러니까 일(사건)에서 떠나서 쉬어보자. 그때는 어느 누구와의 관계를 떠난 나로서의 존재가 있게 된다. 그리고

'나'로서 세상을 찬찬히 보자. 관계가 없기 때문에 너도 없다. 그러면 세상을 달리 보게 될 것이다.

가령 내가 누구를 사랑한다고 생각해 보자. 과연 내가 그를 사랑하고 있는가? 곰곰 생각해 보니 아니었다. 사실은 그로부터 사랑을 받기를 원하고 있었던 거였다. 쉬면서 보니까 그게 보였다. 이처럼 쉼은 삶을 달리 되짚어 볼 기회가 된다. 그리고 바로 볼 수 있게도 된다.

나의 주변에는 많은 일들이 있고, 쉼은 이런 여러 일들을 달리 생각할 수 있는 시간을 갖게 되는 것이다. 그때 나는 오로지 1인칭인 나로서의 존재가 되는 것이고 그때 성찰을 이루는 것이다.

쉼은 삶을 내려놓는 것이다. 그때 나를 찾는 것이다. 그리고 바로 보게 된다. 그래서 우리에겐 쉼이 필요하다.

점심 각자 지참

2020. 5. 11. 오전 11시

월드컵 공원 집합

점심 각자 지참

- 갑자기 날아든 문자 메시지였다.

그리고 오늘, 그날이 왔다. 친구 여섯이 모였다. 얼마 만인가. 금년도 처음 갖는 모임이었다.

"야외에서 먹는 점심도 좋긴 해." 코로나19 때문이었다. 실내인 식당보다는 야외에서 하는 식사를 택한 것이다. '점심 각자 지참'이란 메시지가 그런 뜻이었다. 발신자인 P의 설명이었고, '점심 각자 지참'에 대한 변명이었다. "이것도 과분한 거야. 옛날에는 두 끼만 먹었다는데 점심은 굶어도 되는 거 아냐?"

옛날 사람들은 정말 두 끼만 먹었을까? 조선의 실학자인 존재 위백규의 농가구장(農歌九章)에는 이런 구절이 있다.

밥그릇에 보리 말고 사발에 콩잎채라

내 밥이 많을 세라 네 반찬이 적을 세라

먹은 뒤 한숨 자는 맛이야 너와 내가 다르랴

(9장 중 5장에 해당하는 구절로, 고어(古語)를 요즘 말에 맞게 조금 고쳐 보았다.)

이건 일하던 중에 밥을 먹고 낮잠 한숨을 자는 모습이다. 따라서 이때 밥은 점심을 먹는 장면임이 틀림없다. 이처럼 일하는 날에는 점심을 먹었다. 19세기 중반 실학자 이규경이 지은 '오주연문장전산고'의 기록이 그렇다. 대개 2월부터 8월까지 일곱 달 동안은 하루에 세 끼를 먹고, 9월부터 이듬해 정월까지 다섯 달 동안은 하루에 두 끼를 먹는다고 되어 있다. 해가 짧은 겨울 농한기에는 아침, 저녁 두 끼만 먹었고, 해가 긴 여름 농사철에는 활동량이 많았으므로 세 끼를 먹어야 했다. (그러나 일하는 날이라고 제대로 먹은 건 아니었다. 끼니라기보다는 일터에서 먹는 새참이었다.)

성경에도 '누구든지 일하기 싫어하거든 먹지도 말게 하라'는 구절이 있다. 데살로니가후서 3장 10절이다.

불가에선 이런 얘기도 전해 온다. "옛날 중국의 선승인 백장 선사가 제자들에게 '하루 일하지 않으면 하루 먹지 말라.'고 가르쳤지. 선사가 나이 90이 되어서도 다른 사람들처럼 일을 하므로 어느 날 주위에서 농기구를 감추어 버렸어요. 그러자 선사는 하루 종일 굶었다는 거야. 스스로가 가르쳐 오던 것을 지킨 거지."

그러니까 그건 우리나라에서만 그런 것이 아니었던 것이다. 옛날에는 어디에서든 일과 먹는 걸 연계시킬 수밖에 없었을 것이다. 호모 사피엔스가 등장한 이후로, 아니면 그 이전부터라도 우리에겐 식량이 부족했기 때문이었다. 아주 오래전에는 아마 대부분의 사람들은 두 끼를 먹었을 것이다. 점심이란 것은 아예 없었을 것이다.

사실 점심이라는 단어가 퍽 의심스럽긴 하다. 아침, 저녁은 순 한글이지만 점심은 한자어 點心이다. 원래 끼니로는 아침과 저녁만 먹었으니까 점심이란 단어는 없었을 수도 있다. 알려지기로는 우리나라에서 점심을 끼니로 먹기 시작한 것은 1900년경부터라고 하니까 그때 비로소 점심이라는 단어가 사용되었을 것이고, 그게 한자어로 유입이 되었을 것이다.

이밖에도 점심은 단어의 뜻에서도 아침, 저녁과는 다르다는 것을 알수 있다. 사전에서의 뜻풀이를 보면, 아침이나 저녁은 때를 나타내기도 하고 또한 그때의 끼니를 나타내기도 한다. 이에 반해 점심은 끼니만을 나타내는 단어이지 때를 표현하지는 않는다. 예를 들어 끼니를 나타내는 "아침 먹었어?" 하면 누구나 '아침밥 먹었어?'로 다 이해한다. 아침을 점심이나 저녁으로 바꾸어도 다 '밥 먹었어?'라는 뜻으로 이해한다. 그러니까 아침, 점심, 저녁은 모두 그 단어만으로 끼니라는 의미로 쓰이고 있다. 그러나 때를 나타내는 "아침에 만나." 하는 것은 되지만 '점심에 만나.' 하는 것은 틀린 말이다. 이때에는 '점심때 만나.'라고 한다. 이걸 보면 점심이란 단어는 점심을 먹기 시작하는 시기에 끼니에 해당하는 단어로만 통용되었음을 짐작케 한다.

사실 점심이란 한자어는 중국에서 통용되던 단어였다. 중국에는 점심이란 단어의 유래에 대하여 몇 가지 설(說)이 있는 것을 보면 그렇다.

생각, 붙들다

중국 남송 때였다. 송나라가 금나라 10만 대군을 맞아 힘겹게 전쟁을 하고 있었다. 치열했다. 또한 한시가 급했다. 송나라 장군 한세충의 아내 양홍옥은 만두를 빚어서 군사들에게 나누어 주었다. 군사는 많고 만두는 적었다. 병사들에게 돌아간 건 새참보다도 적은 양이었다. 먹는 둥 마는 둥, "마음(心)에 점(點) 하나 찍는 걸로 생각하세요." 그거였다. 양보다는 마음으로 먹는 것, 아니면 먹은 걸로 생각하는 것, 그게 점심이었다.

점심이란 그런 것이었다. 허기질 때 그저 마음으로 넘기는 것, 시늉만 하는 것, 그런 것이었다.

오늘 모임이 너무 깊었다. 벌써 세 시간이 훌쩍 넘어섰다. 오랜만이라 그런가, '문득' 하니 '벌써'였다. 자리를 털고 일어났다. 그래도 우리는 마음(心)에 정이라는 점(點)하나씩은 찍고 간다.

봄날은 간다

연분홍 치마가 봄바람에 휘날리더라.

오늘도 옷고름 씹어 가며

산제비 넘나드는 성황당 길에

꽃이 피면 같이 웃고 꽃이 지면 같이 울던

알뜰한 그 맹세에 봄날은 간다.

이것은 '봄날은 간다'라는 노래 가사 중 제1절이다.

손노원 작사, 박시춘 작곡, 백설희 노래로 1954년에 발표되었다. 가수 백설희는 이 노래로 인기가수가 되었으니까 실질적인 데뷔곡이라 할 수 있다. 이 노래는 그 후로도 많은 인기 가수들이 리메이크하여 끊임없이 발표해 왔다. 봄에 생각나는 노래다.

그러면 이 가사의 장면을 한번 눈에 그려 보자. 어딘지는 모르겠으나 오늘도 그 성황당 길에 바람이 분다. 연분홍 치마가 봄바람에 휘날린다. 열아홉 처녀의 가슴도 봄바람에 휘날린다. 그러나 떠나간 그 사람은 돌아오지 않고, 봄날이 간다. 꽃이 필 때 같이 웃고 꽃이 질 때 같이 울면서 한 맹세는 어디로 갔는가? 그렇게도 알뜰했었는데. 열아홉 살 처녀의 애타는 속마음이 보인다. 그래도 속절없이 시간만 지나간다.

그런데, 생각해 보면 어느 해든 봄날은 간다. 그리고 여름이 온다. 마찬가지로 속절없이 시간은 지나간다. 이어서 가차 없이 또 시간은 온다. 그러니까 시간은 지나가기도 하고 또 오기도 하는 것이다.

예전에 군대생활을 한 사람들은 이런 말을 기억한다. "거꾸로 매달아도 국방부 시계는 간다." 벌써 몇 십 년 전의 일이지만 군대생활은 기합과 체벌(빠따)이 일과였다. 그때마다 국방부 시계는 간다고 떠올렸다. 참고 견디자는 말이었다. 시계가 가고 있으니까 다시 말해 시간이 가고 있으니까 참으면 된다는 뜻이다. 이를 보면 어려운 경우를 당했을 때 시간이 간다는 표현은 인내를 의미한다는 것을 알 수 있다.

엄동설한에 어렵게 겨울을 버티는 사람에게 '어쨌든 겨울은 지나가고 말거야'라고 말하면 이것 역시 인내를 의미한다. 그러나 같은 의미지만 그 사람에게 '봄이 오고 있잖아.'라고 말하면 이건 희망을 표현하는 것이다. '겨울이 가는 것이 아니라 봄이 오는 것이야.'라고 하면 인내보다는 희망으로 지내라는 뜻이 된다.

이처럼 어려움을 당했을 때 시간이 가는 것과 오는 것은 인내와 희망이라는 엄청난 차이를 품고 있다. 어려움을 꾹꾹 참고 온갖 스트레스를 받으며 인내할 것인가 아니면 스트레스를 털고 '곧 좋은 날이 올 거야' 하면서 희망으로 살아갈 것인가의 차이인 것이다.

그래서 영국의 시인 퍼시 B 셸리의 시 「서풍에 부치는 노래(Ode to the West Wind)」의 마지막 행의 의미는 늘 새롭다.

겨울이 온다 해도 봄은 멀지 않았으리니

(If Winter comes, can Spring be far behind?)

어려울 때일수록 그때보다 훨씬 좋은 날은 오고 있다. 시간은 가는 것이 아니라 오는 것이다. 그때의 시간은 희망이다.

또한 시간이 가고 오는 것에 대한 느낌은 나이에 따라서 큰 차이가 있다. 나무를 보면 그걸 알 수 있다. 나무는 자라면서 열심히 나이테를 만든다. 그러다가 어느 정도 자란 후 고목이라 불릴 때가 되면 속을 비우기 시작한다. 오래된 나무일수록 속을 거의 다 비워간다. 그걸 보고서 알았다. 자라는 나무는 빨리 자라고 싶어 하는구나. 그래서 나이를 먹을 때마다 열심히 기록하는구나. 그게 나이테였다. 가는 시간의 기록인 것이다. 그런데 나이를 들면 나무는 속을 비운다. 그러면 나이테가 없어진다. 그건 나이를 잊고 싶어서다. 나이의 기록을 지우는 것이다. 시간이 늦게 오기를 바라는 것이다.

사람의 마음이 바로 그러하다. 어린 사람들은 빨리 커서 해 보고 싶은 것이 많다. 빨리빨리 한해가 지나가기를 바란다. 그래야 한 살 더 늘어나는 것이니까. 가는 시간에 나이테가 늘어나듯이. 그때는 시간이 느리게 간다고 느낀다. 그러면 나이든 사람들은 어떤가? 한 해가 지나가면 살아갈 날이 한 해 줄어든다. 굳이 나이를 생각하면서 살아갈 일이 아니다. 따라서 오는 시간이 반가울 리 없다. 나무가 속을 비우며 나이테를 지우듯이. 그때는 시간이 너무 빨리 간다고 느낀다.

가는 시간과 오는 시간의 차이가 이러하다. 그런데 시간은 오는 것도 아니고 가는 것도 아니다. 다만 우리가 나이를 먹는 것이다. 시간이 간다든가 나이를 먹는다든가 하는 것은 우리가 시간이나 나이라는 것을

생각, 붙들다

규정하고 표현하기 때문에 그렇게 느끼는 것일 뿐이다. 시간이 간다든가 나이를 먹는다든가 그런 표현과는 무관하게 우리가 변하고 있다. 모습이든 마음이든 끊임없이 변하고 있다.

우리뿐 아니라 만물이 변하고 있다. 동식물이 아니라 무생물도, 무기물도 모두 변하고 있다. 커다란 바위도 조금씩 마모가 되어 가면서 언젠가는 작은 모래가 된다. 이것들은 시간이 간다는 것을 모르고 있지만 그래도 변하고 있다. 시간이 가야만 변하게 되는 것이 아니다. 시간이 가는 것이 아니라 자연의 만물 모두가 변하고 있는 것이다.

시간은 시간이라는 이름을 갖기 이전부터도 원래 자연 속에 있는 변화라는 자연현상이었다. 그리고 인간도 자연 속에서 자연의 시간을 따라 삶을 영위했다. 해가 뜨면 일어나고 해가 지면 잠자리에 들고, 그게 인간의 삶이었다.

그때까지 인간의 삶은 자연의 시간을 따르고 있었다. 봄이 되면 씨를 뿌리고 가을이 되면 수확을 했다. 겨울에 사람들은 다음 농사를 준비하며 휴식을 취했다. 자연이 돌아가는 이치에 따라 인간의 생활이 이루어졌다. 그러면서 나이가 들고 죽음을 맞이했다. 자연의 순환에 따라 변해가는 것이었다.

그러다가 농사를 더 잘 짓기를 원하면서 날씨에 관심을 갖게 된 것이고 그리고 하늘을 보게 되었다. 그것이 달력을 만드는 과정으로 이어졌다. 이렇게 해서 인간은 시간에 눈을 뜨게 되었다.

인류가 시간을 기록한 것은 2만 년 전까지 거슬러 올라간다. 그건 아마도 천체의 움직임을 기록하는 일일 것이었고 이때부터 천문지식이 발달하기 시작했을 것으로 짐작된다. 그래서 해시계가 등장했고 시간이 우리의 생활 속으로 들어오게 되었다.

그때부터 시간을 알면 일을 더 잘할 수 있다는 생각을 했고, 그래서 시계를 발명했고, 시간을 다스릴 수 있다고 생각했다. 그러면서 가는 시간을 돌아보고 오는 시간을 예상했다. 그러다가 인간은 시간을 다스리는 것이 아니라 오히려 시간의 노예가 되었다.

그러나 자연의 시간은 지금도 그냥 시간일 뿐이다. 지나가는 것도 아니고 오고 있는 것도 아니다. 다만 자연현상으로 우리가 그리고 만물이 변하고 있는 것이다.

그러니까 시간의 오고 감을 생각할 필요가 없다. 시간은 오고가는 것이 아니라 항상 그냥 존재하고 있다. 시간과 관계없이 우리가 변해가는 것이라고 받아들이면 된다. 그리고 시간은 자연현상이니까 우리가 자연의 시간에 따라 변하면 되는 것이다. '억지로'가 아니라 '저절로' 변해 가면 되는 것이다. 그걸 순응이라고 한다. 그렇게 순응 하는 것을 순리라고 한다. 삶의 기준을 순리에 두면 그게 잘 변하는 것이고 또한 그게 가장 잘 살아가는 방법이 아닐까 싶다.

그래도 봄날은 간다. 그때는 가는 봄날처럼 살아가면 된다. 스스로에게 맞게 순리대로. 물론 그 순리에 대한 기준은 우리 각자의 몫이다.

나가는 글

 지난 해 여름, 아는 분으로부터 잘 생긴 분재 하나를 선물 받았다. 분
(盆)도 예쁘지만 거기에 담긴 조그만 분재는 아주 그럴듯한 모양을 하고
있었다. 꽃을 보는 눈이 어두운 나로서는 무슨 나무인지 몰랐지만, 분과
잘 어울리는 나무가 꽤나 마음에 들었다.

 그리고 서너 달 뒤, 잎이 하나둘 떨어지기 시작했다. 처음에는 대수롭
지 않게 생각했지만 날이 지나면서 잎은 더 많이 떨어지고 있었다. 날마
다 떨어진 잎을 주어 담으면서도 어찌할 줄을 몰랐다. 분재에 대해서는
아는 게 없었으니 달리 할 수 있는 일이 없었다. 열흘이 지나서는 완전히
벌거숭이가 되어 있었다. '이젠 죽어 버렸구나.' 꽤나 마음에 들었던 만
큼 참으로 안타까운 일이었다.
 보내주신 분을 생각하면 그렇게 민망할 수가 없는 일이었다. 이를 알
면 보내주신 마음이 서운해하지나 않을까 하는 걱정이 가장 먼저 떠올
랐다. 한편으로는 '그러면 그렇지 꽃에 대해서 무엇을 안다고, 아까운 분
재만 하나 죽인 게 당연하지.' 체념으로 민망함을 덮어 버리는 마음이 생
기기도 했다. 보내 주신 분이 물어볼 것만 같아서 무슨 핑계를 만들어 놓
아야만 될 것처럼 비겁하게 궁리도 해 보았다.

그러면서 그 분재는 겨우내 베란다에 버려진 채로 있었다. 걱정은 무뎌지더니 결국에는 관심조차 갖지 않게 되었다. 어찌 보면 모든 세상일은 시간이 좌우하는 것처럼, 시간이 지날수록 잊혀 가고 있었다.

문턱 너머로 가끔 보이기도 했지만 그도 그냥 지나칠 뿐, 일부러 찾아보지는 않았다. 집사람은 다른 화분에 물을 주다가는 가끔 그 분재에도 물을 주기도 한다고 했다. 아마 다른 화분에 주던 물이 남아서 그랬는지도 모를 일이었다. 그런 얘기를 들을 때는 부질없는 일이라고 혼자 생각해 보기도 했다.

그러던 어느 날 우리 집에 갑자기 봄이 찾아왔다. 그때 찾아온 봄은 정말이지 느닷없이 찾아왔다.

"여기 죽은 나무에서 싹이 나오고 있어요."

그랬다. 조그만 가지마다 싹이 돋아나고 있었다. 한 쪽 구석에서 버려진 채로 있던 그 분재가, 그런 건 아랑곳하지 않고 새싹을 틔우고 있었다. 무심한 내게 시위라도 하듯 싱싱한 잎으로 갑자기 봄을 가져온 것이다.

그리고 그건 내겐 민망함이었다. 때가 되면 스스로 잎을 떨어내고, 또 제철이 되면 싹을 틔우는 분재에 대한 민망함이었고 자연에 대한 민망함이었다. 그건 무엇보다도 나의 무지에 대한 민망함이었다.

지금 이 책을 마무리하면서 그 분재를 떠올리는 것은 이 책으로 인해 무지에서 비롯되는 또 하나의 민망함을 만들지나 않을까 하는 걱정이 앞서서일 것이다.

생각, 붙들다